सरयू

अनाहत

अंजुमन
प्रकाशन

Title : Saranyu

Author : Anahat

Published By-

Anjuman Prakashan

942, Mutthiganj, Prayagraj, 211003

www.anjumanpublication.com

anjumanprakashan@gmail.com

First published by Anjuman Prakashan in 2025

Cover & Typeset by Anjuman Prakashan

ISBN : 978-81-19562-57-2

पुरोवाक्

कथा-काव्य सरण्यू के कथानक की बृहत् रेखा मूलतः ऋग्वेद संहिता के दो मन्त्रों (ऋ.सं. 10-17-1, 2) पर आधारित है, जिनमें सरण्यू के जीवनवृत को संक्षेप में एक प्रहेलिका की भाँति कहा गया है। सरण्यू के जीवनवृत से सम्बन्धित यह दो मन्त्र ब्रह्मोद्य श्रेणी के मन्त्र हैं। ऋग्वेद संहिता के दसवें मण्डल के प्रारम्भिक उन्नीस सूक्त सरण्यू एवं उनके जीवन से संबन्धित अन्य पात्रों - जैसे त्रिशिरस, त्वष्ट्र, विवस्वान, यम, यमी, गन्धर्वि आदि- के विषय में ही हैं। पितृलोक के सन्दर्भ में आर्यों के प्रारम्भिक विचार इन्ही सूक्तों में प्रकट होते हैं। प्रस्तुत काव्य में वर्णित प्रायः सभी प्रसंग ऋग्वेद संहिता के विलग - विलग सूक्तों से प्राप्त होते हैं। तथापि प्रसंगों को अधिक उजागर करने के लिए वैदिक वाङ्गमय के अन्य ग्रन्थों से प्राप्त संकेतो को भी समाहित किया गया है।

प्रथम कण्डिका प्रायः काल्पनिक है और कथा कहने के निमित पीठिका मात्र है। संन्यासी सनातन दास स्वप्न में अन्य बटुकों के साथ वृक्ष-यतियों से धर्म कथा सुन रहे हैं। सनातन दास वट-ऋषि से इन्द्र द्वारा त्रिशिरस के वध के विषय में प्रश्न करते हैं। सनातन दास के प्रश्नों का उत्तर देने के क्रम में वट ऋषि द्वारा कथा का आरम्भ किया जाता है।

दूसरी कण्डिका में सरण्यू का गंधर्वि एकस्टका और मातृश्वा से परिचय होता है। गंधर्वि त्वष्ट्र के गौष्ठ में रहती है। मातृश्वा स्वर्ग से अग्नि लेकर आए हैं। मनष्यों द्वारा अग्नि को अपना पुरोहित चुना जाता है और पृथ्वी पर ऋषियों द्वारा प्रथम यज्ञ का अनुष्ठान होता है। गंधर्व विवस्वान अपनी बहन गंधर्वि को ढूँढते हुए त्वष्ट्र के गौष्ठ में पहुँचता है। गंधर्वि एकस्टका के लिए काव्य में प्रायः 'गातुम' शब्द का प्रयोग हुआ है। संस्कृत में गंधर्वों को 'गाता' भी कहा जाता है। मैने 'गाता' से ही 'गातुम' बनाया है, यह एक कवि की छूट ली गई है।

तीसरी कण्ड़िका में संक्षेप में इन्द्र के बड़े होने का वर्णन है। इन्द्र अपनी माता गंधर्वि से अपने जन्म के विषय में प्रश्न करते हैं। (ऋ. सं. में अदिति द्वारा इन्द्र को अपने पुत्र के रूप में स्वीकार किया गया है। परन्तु यह पाश्चात घटना है और कथा का भाग नहीं है।) विवस्वान त्वष्ट्र से अपने लिए सरण्यू का हाथ माँगते हैं, परन्तु त्वष्ट्र स्वीकार नहीं करते। पश्चात, विवस्वान इन्द्र और तृत के साथ

मिलकर त्रिशिरस से गुह्य मधुविद्या प्राप्त करने और गऊवों को मुक्त कराने की योजना बनाते हैं। तृत इसके निमित रुद्र से बाण माँग कर ले आते हैं।

चतुर्थ कण्डिका में त्रिशिरस और तृत का अरण्य में मिलन होता है। चिरकाल से मुर्छित पड़े तृत को पुनः सचेत देख त्रिशिरस भयभीत हो जाते हैं और इस विषय में अग्नि से वार्ता करते हैं। अग्नि त्रिशिरस को विवस्वान की योजना के विषय में संकेत करते हैं और त्रिशिरस को विवस्वान से सोमघट चुराने के लिए प्रेरित करते हैं। पाँचवी कण्डिका में सोम-हरण के विषय में देवलोक में सभा होती है, जहाँ वरुण सोमघट त्वष्ट्र को दे देते हैं।

छठी कण्डिका में इन्द्र त्वष्ट्र से सोम छीन कर पीते हैं और अपने पिता व्यंस का वध कर देते हैं। सरण्यू पिता त्वष्ट से अपने कन्यादान के विषय में प्रश्न करती हैं। त्वष्ट्र जन समिति से अनुमति लेकर सरण्यू का मातृश्वा से विवाह निश्चित कर देते हैं। सातवीं कण्ड़िका में इन्द्र, तृत और मरुतों का त्रिशिरस, त्वष्ट्र, अग्नि आदि से युद्ध वर्णित है। विवस्वान इन्द्र में रौद्र का जाग करते हैं। सरण्यू प्रलय-आसन्न स्थिति देख युद्ध रुकवाने के लिए विवस्वान से विवाह करना स्वीकार कर लेती हैं। इन्द्र रुद्र के बाण से त्रिशिरस के तीनों शीश काट देते हैं। अग्नि लुप्त हो जाते हैं और संसार में अंधकार छा जाता है।

आठवीं कण्डिका में सरण्यू अपने पिता का घर त्याग कर विजन में चली जाती हैं, जहाँ अदिति उनके अमृत का त्याग करवा कर उन्हें समवर्ण मर्तमाण शरीर प्रदान करती हैं। मातृश्वा और भृगु पुनः अग्नि को प्रकट करते हैं और त्वष्ट्र के गौष्ठ में अग्नि का पुनर्धान होता है। अग्नि होत्र के माध्यम से पुनः दिन और रात्रि का चक्र आरम्भ होता है। देवता सरण्यू को ढूँढ कर लौटा लाते हैं।

नौवीं कण्डिका में सरण्यू का विवस्वान से विवाह और उनकी दो जोड़े संतानों की उत्पत्ति होती है। जगत पर ज्येष्ठा का प्रकोप है। जीवों को मरता देख सरण्यू स्वयं की संतानों की मृत्यु के विषय में सोचकर चिंतित हो जाती हैं। दसवीं कण्डिका में सरण्यू विवस्वान का घर त्याग कर पिता त्वष्ट्र के पास जाती हैं। त्वष्ट्र उन्हें रुद्र का ध्यान करने के लिए प्रेरित करते हैं। तपोवन में सरण्यू रुद्र का ध्यान करती हैं। विवस्वान सरण्यू को ढूँढते हुए तपोवन आते हैं। भगवान रुद्र प्रकट होते हैं और सरण्यू को अमृत एवं अक्षय के विषय में समझाते हैं। सरण्यू को उसका लेख अमर होने का वरदान देते हैं।

ग्यारहवीं कण्डिका में मनु का जन्म होता है। अग्नि तपोवन में आकर सरण्यू के समक्ष पितृलोक की स्थापना के विषय में वर्णन करते हैं, और उन्हे पितृलोक जाकर षष्ठी के रूप में भाग्य लिखने का कार्य करने के लिए प्रेरित करते हैं। सरण्यू षष्ठी के रूप में सर्वप्रथम संवत का भाग्य लिखती हैं और पश्चात यमी का भाग्य लिखती हैं।

सरण्यू की कथा मूलतः मानव जाति की आदिम सर्ग कथा का अंश है। अतः प्रस्तुत काव्य में सरण्यू की कथा को 'रौद्र सर्ग' के संदर्भ के साथ कहा गया है। रौद्र अथवा कौमार्य पुराणों में वर्णित सर्ग का नौवां चरण है। इस चरण में इन्द्र और मरुद्गण 'रुद्रों' के रूप में देवताओं की तीसरी श्रेणी बनकर स्थापित होते हैं। वैदिक वाङ्गमय में देवताओं की तीन श्रेणियाँ मिलती हैं - 'वसु', 'आदित्य' और 'रुद्र'। इन्द्र एवं मरुद्गणों की गणना रुद्रों में होती है। रौद्र सर्ग को कौमार्य सर्ग भी कहा जाता है। देवी षष्ठी को 'कौमारी' के रूप में भी जाना जाता है।

सनातन धर्म परम्परा के प्रायः सभी व्रत, पर्व एवं यज्ञ आदि कर्म काण्ड इसी पुरातन सर्ग कथा से निसृत हैं। इस आदिम सर्ग कथा को यद्यपि किसी एक ग्रन्थ में इसकी पूर्णता में संरक्षित नहीं किया गया तथापि वैदिक वाङ्मय में सृजन की इस पुरातन कथा के अंश बिखरे पड़े हैं। प्रस्तुत काव्य में इसी पुरातन सृजन कथा के एक अंश को कहने का प्रयास किया गया है। ऋग्वेद संहिता अनुसार वाक् के चार भाग अथवा रूप हैं। एक भाग वह है जो हम बोलते हैं, शेष तीन भाग गुह्य हैं। त्वष्ट्र ने वाक् के एक भाग को आकार दिया था अतः वह उनकी पुत्री हुई। सरण्यू त्वष्ट्र की पुत्री हैं और वह वाक् का वह रूप हैं जो भाग्य लिखती हैं। सनातन परम्परा में न्याय करने का अधिकार एक व्यक्ति को नहीं होता, अतः यम के साथ मातलि आदि चार और (पञ्च) मिल कर पितृलोक में कर्म का न्याय करते हैं, ऐसा ऋः संहिता से प्रतीत होता है। सरण्यू छठवीं (षष्ठी) हैं जो नए जन्म का भाग्य लिखने का कार्य करती हैं। प्रायः सभी सनातनी बालक के जन्म के पश्चात छठवें दिन षष्ठी पूजन करते हैं- जिसका आशय यही है कि माता षष्ठी बालक का उत्तम भाग्य लिखें। पूर्वांचल में दीपावली के पश्चात छठवें दिन षष्ठी का पर्व होता है। दीपावली जहाँ नए संवत के जन्म का स्वागत करने का पर्व है वहीं छठ-पूजा का आशय भी यही है कि माता षष्ठी नए संवत का उत्तम भाग्य लिखें जो सबके लिए सुख-समृद्धि लेकर आए।

ऋग्वेद संहिता की सरण्यू पुराण कथाओं में 'संज्ञा' के नाम से जानी जाती हैं। यद्यपि, षष्ठी के विषय में पुराण एवं स्मृतियों में अनेक विलग-विलग आख्यान प्राप्त होते हैं, जो प्रायः सरण्यू अथवा संज्ञा की कथा से संबद्ध प्रतीत नहीं होते। 'संज्ञा' नाम से ही स्पष्ट है, वह वाक् स्वरूपा हैं। माता षष्ठी का भी मूल कार्य भाग्य लिखना है, अतः उनका सम्बन्ध भी वाक् से ही है। वैदिक वाङ्मय में वाक् जल स्वरूपा अथवा जल को धारण करने वाली हैं। सरण्यू एवं षष्ठी का सम्बन्ध भी जल से है। महाभारत में वर्णित सरण्यवन ताल का सम्बन्ध सरण्यू से है। माता षष्ठी को भी षष्ठी ताल के रूप में पूजा जाता है। यद्यपि माता षष्ठी को विलग विलग ग्रंथों मे लक्ष्मी, शीतला, रेवती, कृतिका, स्कंदमाता, देवसेना आदि कहा गया है, उन्हें कतिपय ग्रंथों मे मूल प्रकृति का एक भाग माना गया है। वैदिक वाङ्मय में मन को पुरुष और वाक् को 'प्रकृति' कहा गया है। अतः, यद्यपि सरण्यू (संज्ञा) एवं षष्ठी के विषय में प्राप्त कथाएँ स्थूल रूप में परस्पर असंबद्ध प्रतीत होती हैं - क्योंकि विलग-विलग परंपराओं में षष्ठी के विषय में समय के साथ विलग-विलग धारणाएं विकसित हुई

हैं - मूलतः वह दानों ही मूल प्रकृति का एक भाग हैं, जिसका सम्बन्ध नव जीवन और स्वस्ति से है । पौराणिक संज्ञा और षष्ठी की दो विलग धाराओं का श्रोत ऋग्वेद की सरण्यू ही हैं ।

काव्य में त्वष्ट्र की पत्नी का नाम बृहद्दिवा वर्णित है जो ऋग्वेद संहिता के एक मन्त्र पर आधारित है जहाँ त्वष्ट्र की पिता और बृहद्दिवा की माता के रूप में स्तुति हुई है । अन्यत्र त्वष्ट्र की पत्नी का नाम 'रचना' भी प्राप्त होता है ।

सरण्यू के कुटुम्ब की यह कथा वैदिक वाङ्गमय से जिस रूप में प्राप्त होती है, कथा का यह रूप कम से कम तेरह-चौदह हजार वर्ष पुराना है । ऋग्वेद संहिता के लिपिबद्ध होने से पूर्व इस कथा के अंशों का संवहन मौखिक परंपरा द्वारा हजारों वर्षों तक हुआ प्रतीत होता है । कथा काव्य में त्वष्ट्र द्वारा गौ-पालन का प्रारम्भ वर्णित है और कथा के समापन तक कृषि का प्रारम्भ नहीं हुआ है । ऋग्वेद संहिता अनुसार सर्वप्रथम अश्विनों ने मनु को कृषि करना सिखाया था । कथा-काव्य के अंत में ही मनु का जन्म होता है, अतः कृषि कर्म कथा-काव्य में वर्णित नहीं है ।

काव्य की भाषा विशुद्ध हिन्दी खड़ी बोली नहीं है । नागरी को ग्रामिणी का श्रृंगार देने का प्रयास किया गया है । अनेक प्रादेशिक बोलियों के शब्दों एवं लहजे का प्रयोग काव्य में हुआ है । काव्य का अधिकतर भाग संवाद शैली में लिखा गया है । यद्यपि ऐसी योजना नहीं थी, यह स्वतः ही हो गया । अधिकतर स्थानों पर यह भी नहीं बताया गया है कि संवाद किस पात्र का है । कथा के संदर्भ से सुधि पाठक को यह स्वतः ही समझ आ जाएगा, ऐसी अपेक्षा है । तदपि यदि सुधि पाठक को कठिनाई होती है तो मैं क्षमा प्रार्थी हूँ । पुरोवाक् में ही प्रत्येक कण्डिका में वर्णित कथांश का संक्षिप्त परिचय देने का उद्देश्य भी यही है कि सुधि पाठक को कथा समझने में अधिक कठिनाई न हो । कथा की प्रथम कण्डिका के वक्ता सन्यासी सनातन दास हैं, अतः सनातन दास के अतिरिक्त अन्य पात्रों के कथन उद्धरण चिन्हों में रखे गए हैं । दूसरी कण्ड़िका से अन्तिम कण्ड़िका तक वक्ता वट ऋषि हैं जो कथा सुना रहे हैं, अतः इन कंडिकाओं मे वट ऋषि के अतिरिक्त अन्य पात्रों के कथन उद्धरण चिन्हों में रखे गए हैं, छोड़ कर अन्तिम तीन पदों को जो सनातन दास ने कथा समापन करते हुए कहे हैं अतः इन पदों में वट ऋषि के कथन को उद्धरण चिन्हों मे रखा गया है ।

अनाहत

स्वस्ति वचन

ऊँ भूर्भुवः स्वः तत्सवितुर्वरेण्यं ।
भर्गो देवस्यः धीमहि धियो यो न प्रचोदयात् ।।
सर्वे भवन्तु सुखिनः सर्वे सन्तु निरामयाः ।
सर्वे भद्राणि पश्यन्तु मा कश्चित दुःख भाग्भवेत ।।
असतो मा सद्गमय ।
तमसो मा ज्योतिर्गमय ।
मृत्योर्मा अमृतं गमय ।
ऊँ शान्तिः शान्तिः शान्तिः ।।

अनुक्रम

कण्डिका- 1

पीठिका

संध्या गीत

अदिति-कुल जाया हे महामाया
भुवन शून्य घट गहरी-सी।
ढ़लती पल-पल शीतल श्यामल
अर्णव के तम की लहरी-सी।
हे सदा मौन तू बता कौन
भव की देहर पर ठहरी-सी।
बन दिवस छाँव संग पाँव पाँव
फिरती है तू क्यों प्रहरी-सी।

कोई ग्रामवधू देखा साधु,
- बाबा जय सीता-राम कही।
छोटी ललनी चपला चलनी
मैया ने उंगली थाम लई।
रजमयी डगर बोझा सिर पर
ससपरी लौट घर ग्राम रही।
तू रहे सुखी, ना कभी दुखी
हो सब स्वस्ति कछु वाम नहीं।

घर घाट जहाँ सब बाट वहाँ
जा रही छोड़ वन अंचल को।
वैरागी मन भटका वन वन
जन क्यों ललचाए चंचल को?
खग उड़ें अधर इनके भी घर
सब उतर रहे वट पीपल को।
इतना कलरव क्या है उत्सव
भव विदा करे अस्ताचल को।

गाएँ झींगुर- सब क्षण भंगुर
यह कौतुक बस दो चार घड़ी।
जिस ओर ग्रामिणी गई भामिनी
अब निर्जन वह मेड़ पड़ी।
पोखरी पाल पर नील गाय
कुछ संशय में चुपचाप खड़ी।
अम्बर की कलशी से जल सी
कल कल कर वन पर साँझ झड़ी।

है मथुरा दास खड़ा मंदिर में
शंख सुहावन नाद करे।
जो बिछड़ी गौ, गल घंट बजे,
स्वर शंख से वाद विवाद करे।
कलयंत्र खेत में मंत्र पढ़े
जड़ से चेतन संवाद करे।
कहीं दूर गाँव में शुनः सेप
उन्मुक्ति में आह्लाद करें।

बरगद, पीपल, इंदोख, कदम
तपसी से खड़े निज नीरव में!
जो शुष्क सुधा बिखरी वसुधा
समिधा के हेत रही भव में।
तिक-तिक तितरी सरकण्ड निकरी
पदचाप सुनी जो रज रव में।
हे काग भुसुण्ड कथा कह दे
सो जाएँ खग वट पल्लव में।

अग्नि सतवन

करता हूँ आहूत सनातन
देव तेरे वंदन गाऊँ !
दूँ समिधा का भोग तुम्हें
ना तिमिर कहीं पथ में पाऊँ।
हे जातवेद तुम पुरा काल से
दिखलाते आए पथ विश को।
पाते हैं सुख ताप सभी जो
तिमिर घिरे भव में उपविश हों।

वन अंचल में साँझ ढ़ली
मन चंचल भूला माग सभी।
अर्णव का तम जब घोर घिरे
होता है तेरा जाग तभी।
अब ऐसा दो वरदान देव
हे सुखी सदा संसार बसे।
यह सब वसुधा सुखधाम बने
अर वैरी सम व्यवहार नशे।

पितृ ऋण

साँझ नहीं अब श्याम यामिनी,
चाँद बिना निष्काम भामिनी।
चिन्तन मन में नींद नहीं अब,
यूँ ही लेटे देख रहा नभ।
तारागण टिम टिम मुस्कावें,
दूर बहुत पर लगे बुलावें।
क्या आऊँ हे पितृ पूर्वज,
ज्ञान गया अभिमान दिया तज।
तुम पुरखों ने रीत बनाई,
दूध पिया तो है गऊ माई।
उदर भरे अर गोद खिलावे,
धरती माँ क्यों माँ न कहावे।
पोखर ताल नाल नद पूजे,
जीव-अजीव न ब्रह्म से दूजे।
अस्ति का जो अंश है व्यष्टि,
व्यष्टि ने पूजी थी समष्टि।

ग्राम राम था भवति का मुख,
सब के सुख में ही अपना सुख।
दे सकता आशीष तभी जन,
जब भवति से विलग न भगवन।
जग पावन तो सब मन भावन,
वह पापी जो जगत नशावन।
नहीं लेन का, देने का मन,
धर्म दिया अर बसे तपोवन।
'ओम शान्ति' का दिया जो मन्तर,
ओम एक अर शान्ति तीन बर।
आज सनातन दास कहानी,
मौन हो गई है बस नानी।
जो सृष्टि थी पूजन योग्या,
दंभी को वह हो गई भोग्या।
सीधे को बेहुदा बतावे,
लूट भरे घर शेर कहावे।

साम पंथ तज वाम आचरण,
छोड़ कहानी दास सनातन।
यह भव है भगवान तभी तो,
होने को है भोर अभी तो।
ऋत अनऋत में रही लड़ाई,
नई नहीं है चलती आई।
लगता है अपरीत बड़ी है,
पर रित भी तो यहीं खड़ी है।
चलती है भवति नित डिम-डिम,
कहते हैं नभ तारक टिम - टिम।
जीवन का ऐसा ही नर्तन,
क्या जन जीवन क्या वन आँगन।
लेटा हूँ जो कहीं घास में,
चला गया क्या नींद-पास में?
माया का ऐसा सम्मोहन,
दिखे तपोवन या कि स्वप्न मन।

स्वप्न कथा

क्यों गए तपोवन त्याग
और फिर लौट रहे क्यों आज?
खलु क्या भवति गई जाग
हो गए तापस क्यों वटराज?
जो पंखी दिखे तड़ाग
आ रहे बन कर बटुक समाज।
कलविंग से करते वाग
कपिंजल- क्या होता यज्ञ याज।

जाकर तपसी के पास
बटुकजन करते हैं उद्गार।
- " हे कहें तात इतिहास,
सनातन धर्म कथा का सार। "
हैं वृक्ष यतिः कई व्यास
कथा सुनता अरण्य संसार।
अथ हुआ धर्म का न्यास,
बने व्रत, तीर्थ अर त्यौहार।

जो चला धर्म वृतान्त
यतिः जन कहते कथा अतीत।
अर सुनें बटुक जन शाँत
अरण में रात रही है बीत।
वह करें प्रश्न इस भाँत
बटुक- जो धर्म कथा की रीत।
अर धर्म मर्म अत्यान्त
सूत कर करें यतिः प्रतीत।

यह धर्म कथा आख्यान
प्रश्न पर और प्रश्न पश्चात।
जो विविध सर्ग सोपान
धर्म का धान हुआ किस भाँत।
वट तापस ऋषि समान
धर्म के रहे ज्ञात - विज्ञात।
तब मेरे भी मन आन
पूछ लूँ उनसे मन की बात।

अहो तपोधन तन-नपात्
एक प्रश्न मेरे मन आया।
कलविंग, कपिंजल तात
तीतरी की कैसी यह माया?
करते हैं ऋत की बात
रीत का ज्ञान कहाँ से पाया?
खलु वल्कल धारे गात
मौन से मुखर आपकी काया?

“ हे सुनो सनातन दास
यह चेतन मन है भवतिः का।
जड़ चेतन एक समास
वत्स अन्तर नहीं अस्तिः का।
मन अर वाणी का व्यास
यही परिभाष समस्तिः का।
खलु हो जाए विश्वास
किसी दिन, आनन्द मस्ती का।

वह विश्वरूप था पूत
त्वष्ट का, रहा पुरोहित जो।
कर यज्ञ-अग्नि आहूत
यज्ञ को धार लिया चित वो|
अर 'त्रिशिरस' मख भूत
साध ली मधु विद्या ऋत जो।
यह मघवन की करतूत,
शीश क्षित मरा पराजित वो। ”

यह कथा पुरातन बाप
सुनी है, रहा ताप तृत को।
वह तिशिरस को अभिशाप
हो गया किया पराजित जो।
अर मघवन का था पाप
स्यात् यह किए शीश क्षित जो।
अब कहें कथा यह आप,
तीतरी जान गए ऋत क्यों?

“ कलविंग, कपिंजल, तितर,
श्येन सब रहे तिशिर से जात।
नहीं इनमें कोई इतर
सभी हैं ये आपस में भ्रात।
था यद्यपि एक ही पितर
तथापि विलग - विलग प्रजात।
जब कटे शीश तो निकर
उड़े थे, यही कथा विख्यात।

जो शीश गार्हपत ठान
तित्तर, कलविंग की निकली पाँत।
अर जो दखिना का मान
शीश था, श्येन उसी से जात।
खलु आहवनिया आधान
शीश ने जने कपिंजल तात।
इस कारण ही विद्वान
रीत का समरण इनकों स्यात्।"

इक प्रश्न अभी मन तात
करो यदि समाधान जो हो।
तिशिरस का करके घात
शक्र ने हरण करी गौ क्यों?
मघवन देवों का भ्रात,
अशोभन कर्म गया हो क्यों?
जब हुआ त्वष्ट को ज्ञात,
नीच यह कर्म लिया ढ़ो क्यों?

"नहीं था उसका उद्देश्य
गऊ का हरण करे मघवान।
यह तृत का प्रण विशेष
कराए मुक्त गऊ महिमान।
तृत के मन रहा क्लेश,
बंधी थी गऊ त्वष्ट के ठान।
कुछ और बात भी शेष
हुआ जिस कारण रण विद्वान।

जो कहूँ कथा विस्तार
वत्स तो याम समापन हों।
क्यों तिशिरस का संहार
हुआ अर मुक्त गऊधन जो।
यह विवस्वान का कार,
हठी मन ठान लिया प्रण जो।
अर छेड़ी उसने रार
अरण में फिर भीषण रण जो।

था रौद्र सर्ग का काल
विवस्वत रहा नियति को साध।
अब विवस्वान की चाल
कहो अथवा नियतिः निर्बाध।
अरण्य में हुआ बवाल
तिशिर का बना शक्र जो व्याध।
गऊ रखी बाँध गऊशाल,
तिशिर के सिर आया अपराध।"

कुछ करें कथा का व्यास
तात जो मन को हो संतोष।
क्या विवस्वान सतनाश
किया अर क्योंकर रण उद्घोष?
वह किस नियति के प्रास
बंधा, क्यों था मघवन को रोष?
"यह रौद्र सर्ग इतिहास
सनातन, सुनो कथा का कोष।"

कण्डिका-2

आधान

मैं सुनता हूँ जो मौन
कोई यह करता मन में बात।
है और दूसरा कौन
सनातन, माया का आघात।
भव का मन चेतन होन
के हेतु वन के मुख से गात।
अर सुनते हैं जो श्रौण
तेरे वह नाद अनाहत स्यात्।

" चल चलें गौष्ठ हे लाड़
देख तो, चढ आया प्रभात।
फिर लेना पौर बुहार
सरण्यू, बोल रही गऊजात। "
यूँ कहे दिवा सतनार
त्वष्ट की, अर सरणी की मात।
चल दी आँचल को झाड़
सरण्यू, सिर पर धरी परात।

सरणी को लेकर साथ
दिवा जो गई गऊ के ठान।
गऊवों संग नन्दी नाथ,
नहीं कुछ संख्या का अनुमान।
ले पूँछ फिराए माथ
धर्म का रूप रहे भगवान।
गऊ के सिर फेरे हाथ,
सरण्यू नई-नई पहचान।

वह देख रही गऊशाल
खड़ी- यह कोई किशोरी साथ।
गौधन की करे सम्भाल
दिवा का बटा रही है हाथ।
"क्या दिया त्वष्ट ने ढाल
रूप यह, लेकर अमृत क्वाथ!
है हरिणी जैसी चाल
नयन बिन बोले करते बात।"

वह गऊशाला के छोर
खड़ी जो गातुम रही निहार।
सरणी भी उसकी ओर
देखती- 'कोई नवेली नार।'
मन में कौतूहल रौर,
करन को परिचय का व्यवहार।
गौधन की सेवा छोड़
सरण्यू जाती उसके द्वार।

" तू कौन कहाँ से आन
रही यूँ दुःख में से सुख छाँट?
क्यों रहती है गऊठान
हमारे, देखे किसकी बाट?
यह किसका है अभिमान
छुपा कर जिसे सुलाया खाट?
क्या कर सकती कुछ त्राण
तेरा मैं, हो जाए दुःख घाट?"

" तू तो यूँ ही सुख रूप
लाड़ली, बैठी कर ले बात।
यह मेरा भाग स्वरूप
ललन जो सोया है नवजात।
हो ही जाएगी धूप
किसी दिन, आज अंधेरी रात।
तू चुप रहना रति-रूप
रहेगी मेरे सिर पर छात। "

यूँ कहे दिवा- "हे देख
गातुमी, हो जाएगा न्याय।
यह नियतिः है निरपेख
किसी दिन बदलेगा अध्याय।
अर बने नया आलेख
धर्म का, सबका धर्म सहाय।
यह मिट जाएंगी रेख
दुःखों की रहे नही परछाय।

मैं बैठी हूँ उस पौर
तेरी माँ, कर दे भय का त्याग।
है तेरे पिता का ठौर
दिवम् से ऊँचा सुन वितराग।
ना करे यहाँ पर रौर
कोई, घर तेरा है महाभाग।
क्या कहूँ तुझे मैं और
दुहिता होती है सद्भाग। "

गातुम को धीरज देत
दिवा अर शीश रही पुचकार।
" बस तू बालक के हेत
भूल जा अपने मन का खार।
यह नियतिः का संकेत,
बसा ले अपना सुख संसार।
अर गऊ ठान की रेत
गातुमी तेरी है रखवार।"

कर दिया ठान का कार
दिवा ने, बैठ गई हैं गौर।
अब भी गातुम के द्वार
सरण्यू बैठी उसके धौर।
बस करे प्रेम व्यवहार
बात का कोई ओर ना छोर।
सरणी को रही पुकार
दिवा- "अब चल चलते हैं पौर।"

जब दोनो विथि में जात
सरण्यू पूछ रही- "यह कौन?
क्यों रहती है अज्ञात
हमारे गऊठान में मौन?"
" यह आई थी इक रात
गर्भ में लाई थी यह छौण।
बस परिणय के पश्चात
भाग में अनहोनी का होन।

यह गन्धर्वि स्वरूप
सरण्यू, एकस्टका है नाम।
जो प्रजापति हैं भूप
उन्ही की कन्या थी यह साम।
खलु देकर अपना रूप
दिया था प्रजापति को चाम।
पर हुआ भाग विषरूप
पति मिल गया क्रूर अर वाम।

हो गया भाग का भ्रष्ट
वरण कर लिया पाप महापाप।
वह व्यंस नियति का दुष्ट,
हो गया गातुम को अभिशाप।
गातुम ने उठाए कष्ट
बड़े, खलु हिंसा अर संताप।
अब करती बालक पुष्ट
हमारे गऊठान चुपचाप।"

वह आई घर के पौर
दिवा सरणी को लेकर साथ।
यह बैठा कोई और
त्वष्ट से करता कोई बात।
अर नमन दिवा को जोड़
हाथ करता जो देखी मात।
चितवन से सरणी चोर
देखती पुनि-पुनि अर पश्चात।

वह करे दिवा से बात
और वह पुनि पुनि देख किशोरी।
ज्यों उगा चाँद बिन रात
और मन बरबस हुआ चकोरी।
कुछ नहीं समझ में आत
हुई है यूँ ही भाव विभोरी।
क्यों लगा यूँही आघात
हो गई यूँ ही मन की चोरी?

वह आ गई अन्तर वास
मात से पूछे भी तो क्या?
यह मीठी - मीठी प्यास
जगी उर माँझ कहीं तो क्या?
जब नियति में सन्यास
राग की लाग सही तो क्या?
यह नया भाव विन्यास
दैव का दान नहीं तो क्या?

तब आए हैं महामान
दिवा से करते हैं उद्भाष।
" मैं जाता हूँ महिमान
भृगु के आश्रम जुटा समास। "
अर कर जाते प्रस्थान
मातरिश के संग भृगु के वास।
वह देख रही अनजान
जा रहा किसलय मन की फाँस।

भृगु आश्रम जुटा समाज
यज्ञ का करना है आधान।
अंगीरादि ऋषि राज
जनों का करते हैं आहवान।
वह पूर्ण होगा आज
प्रयोजन ज़िस हित मातृश्वान।
लेकर अग्नि का वाज
दिवम् से आए भू के ठान।

जन कर आपस में वाग
अगन का करते हैं आहवान।
"हे अगन देव वितराग
हमारा करें आप कल्याण।
हम चुनते हैं महाभाग
पुरोहित, सब की सहमति मान।
अब लेकर हवि का भाग
दिवम् को देना हे भगवान।

जो बनें पुरोगा आप
हमारे मिट जाएँ सब त्रास।
है दिव में भी प्रताप
आपका, रहें हमारे पास।
यज्ञ वेदि करें स्थाप
पुरोहित, करना यहीं निवास।
भू और दिवम् परिमाप
आप कर सकते एक समास।"

कर लिए अगन स्वीकार
जनों के बने पुरोहित आज।
जो था नियतिः का सार
वही तो निर्णय किया समाज।
जो मिला पुरोगा भार,
हविष का दिव में करें विभाज।
सब बैठा है संसार
धरा पर पहला है यज्ञ याज।

उठ कहें भृगु रितराग
जनों से- "मेरा है अनुमान।
तब ही होता यज्ञ याज्ञ
कोई यजमान करे अनुष्ठान।
सब के अग्रज महाभाग
त्वष्ट हैं, यही बनें यजमान।
अर करें रीत का जाग
धरा पर, यज्ञ-अग्नि आधान।"

उद्बोध करें महामान-
"सभाजन, अभिभूत हूँ आज।
पर वृद्ध हुआ भगवान
नहीं कर पाऊँगा यज्ञ-याज।
ले सकता मेरा स्थान
यदि यह अनुमति करे समाज।
यह विश्वरूप यजमान
बने अर करे यज्ञ का काज।"

जन अनुमति से महामान
त्वष्ट का पूत बना यजमान।
अर करते हैं आहवान
अंगिरस दे समिधा का दान।
वे अथर आदि ऋतवान
साथ में करते यज्ञ का ठान।
यज्ञ-अग्नि का आधान
धरा पर, दिव में हवि का आन।

जब पूर्ण यज्ञ का कार
त्वष्ट की दृष्टि उस पर आन।
कुछ करता सोच विचार
दुःखी सा दिखता है विद्वान।
खलु क्या है दुख का सार
जानने गए वहाँ महामान।
"क्या कोई मन में छार
विवस्वत, खोए हो किस ध्यान?"

वह विवस्वान गंधार
विह्वल है, चिन्ता भगिनी की।
"क्या कहूँ पिता दुःखसार
मुझे तो भवति लगे फीकी।
है व्यंस धरा पर भार
नीच ने करी नहीं नीकी।
मैं करूँ कोई उपचार
किसी दिन जले ज्योत घी की।

वह गई गातुमी छोड़
व्यंस को, आई ना घर वो।
मैं फिरता ताबड़ तोड़
ढूँढता, मिली नहीं पर वो।
क्यों मुझे से भी मुँह मोड़
गई, वह ऐसी प्रस्तर क्यों?
या कर गई कूआँ जोहड़
कहीं अर मर गई गिर कर वो?

सब घूम लिया भूगोल
कहीं भी मिली गातुमी ना।
कित चली गई अनबोल
हो गया दूभर अब जीना।
मैं लिए सोम का डोल
घूमता, पड़ गया विष पीना।
जब नियति करे मखौल
किसी का जोर कहीं भी ना।"

यू कहें त्वष्ट महामान -
"विवस्वत करो नहीं संताप।
वह रहती है गऊठान
पालती बालक को चुपचाप।
तुम जा सकते विद्वान
गौष्ठ में, मिले वहीं निष्पाप।"
"कर दिया दुःखों का त्राण
पिता, खलु महामान है आप।"

चल दिया तुरत विद्वान
खुशी में पड़ें न पड़ते पाँव।
श्वासों में जीवित प्राण
मिली है घने घाम में छाँव।
अब ढूँढ रहा गऊठान
त्वष्ट के पहुँच गया जो गाँव।
अर पूछ रहा अनुमान
गौष्ठ का, जहाँ त्वष्ट की गाव।

वह पहुँच गया गऊठान
वहाँ गौ-वंश करे विश्राम।
शालाओं का निर्माण
बहुत, वह कित रहती है साम?
अर खड़ा द्वार पर आन
गातुमी को करता प्रणाम।
है भाव विह्वल महिमान
पूछती - "क्यों आया है ग्राम?"

" हे लेऊँ तुझे क्या ढूँढ
गातुमी घोर उजाड़े में!
सब पथ लगते थे गूढ़
यहाँ निर्जन के खाड़े में।
मैं फिरता था मतिमूढ़
फँसा था मन अँधियारे में।
फिर हुआ भाग आरूढ़
मिली त्वष्टर के बाड़े में।"

वह रहा एकटक देख
विवस्वत, जो गातुम का लाल।
" क्या लिखा है कोई लेख
जिसे तू बाँच रहा सम्भाल?"
"हे सुन गातुम निरपेख,
मुझे दिखता इसमें महाकाल।
यह एक दिन खींचे रेख
न्याय की, बने धर्म की ढ़ाल।

मैं लेकर आया सोम
पिला तू न्याय करेगा हे।
खलु क्या धरती क्या व्योम
पूत से दिवम् डरेगा हे।
एक दिवस उठेगा द्योम
आज पवमान झरेगा हे।
देखेगा सारा भौम
एक दिन व्यंस मरेगा हे। "

" हम करें नहीं यह कार
सोम की हाण्डी रीती हो।
खलु दिव को होगा खार
करेंगे हम अनरीती क्यों?"
"क्या किए दिवम् धर्तार
गातुमी तुझ पर बीती जो?
सब गया रीत का सार
नहीं कुछ नीत अनीती हो। "

"यह मिला सोम पवमान
विवस्वत, नहीं हमारा भाग।
थी प्रजापति की आन
इसे अक्षुण्ण रखना महाभाग।
हम करके यूँ अवमान
पिता का, करें धर्म का त्याग।"
"यह मेरा निर्णय जान
अभागी, करूँ नियति का जाग।

अब नित होंगे आहूत
देवता हुआ यज्ञ आधान।
वह सब अमृत के पूत
भोगते दुःख केवल मर्तमाण।
नहीं विष्णु अवतारभूत
अर रुद्र बैठ गए ध्यान।
सब करते हैं करतूत
यहाँ जिसको जैसा मन आन।

क्या है साहस जो आज
कोई पूछे उसकी करतूत?
यह बलधारी का राज
गातुमी कौन धर्म का दूत।
पूजेगा यही समाज
एक दिन, यह तेरा जो पूत।
बस देती रहना वाज
सोम का नित हाण्डी से सूत।"

" क्योंकर इतना दुर्भाव
विवस, क्या गए दुःखों से हार?
है सब के सिर पर छाँव
धर्म की, चलता है संसार। "
"सुन रौद्र सर्ग का भाव
गातुमी, एक रौद्र अवतार।
है इस बालक पर दाँव
मेरा, तू पिला सोम का खार।

जब समाधि में भगवान
रुद्र तब कोई एक बलधार।
वह लेकर उनका स्थान
जगत में करे रुद्र का कार।
जो पीएगा पवमान
गातुमी, वही रौद्र अवतार।
अब मेरा कहना मान
पूत यह बने भवत कर्तार। "

दुविधा में गातुम आन
रात भर करती रही विचार।
"यह विवस्वान ऋतवान
जानता गुह्य रीत का सार।
यदि पिए सोम पवमान
पूत यह, करे रुद्र का कार।
तो होगा क्या व्यवधान
धर्म का, होनहार स्वीकार। "

भृगुवर आश्रम में भोर
भई, अर समिधा दिखती थोरी।
वह चला अरण की ओर
मातरिश, उपवन दिखें किशोरी।
यह नाचें वन में मोर
पोखरी लेती दिखे हिलोरी।
ज्यों अर्णव दिया निचोंड़
ओस से भरी अरण की खोरी।

जो समिधा के हित आन
मातरिश फिरता अरण्य थार।
सखियों के संग अनजान
सरण्यू उपवन करे विहार।
तब दिखता वही युवान
अरण में समिधा रहा सम्हार।
मन करता है मन मान
बसा है मन से यह संसार।

यह अनजानी सी डोर
सरण्यू खींच रही उस ओर।
नहीं चलता कोई जोर
राग का ऐसा हिय में रौर।
"मैं जाऊँ अपने पौर"
-सखी से झूठ बोलती चोर।
अर गई अरण के ठौर
समिध का संग्रह करे किशोर।

पीछे चलती अनायास
किशोरी समिधा रही बटोर।
तब होता है आभास
उसे, यह पीछे कोई ओर।
मुड़ देख रहा निःश्वाश
हिय की जुड़ी हिय से डोर।
संग्रहित अग्नि का ग्रास
हाथ में थमा रही मति भौर।

" मैं अदिति की सन्तान
समिध हित आया वन विस्तार।
किस कारण अरण्य आन
आपका, क्योंकर यह उपकार?"
संकोच स्मित मुख मान
किशोरी आँचल रही सम्भार।
"क्यों आप दिवम् का ठान
छोड़ यूँ आन बसे संसार?"

प्रश्नों में उत्तर देत
युगल, मन अर वाणी का सार।
कुछ नहीं देन को, लेत
नहीं कुछ, भावों का उद्गार।
जब मन से मन समवेत
वाक् का व्यर्थ छद्म व्यापार।
है मन से मन का हेत
भाव से करें भाव साकार।

"है किया बड़ा उपकार
जगत पर, रहे धरा पर आन।
यूँ दिव से अग्नि धार
धरा पर किया यज्ञ आहवान।
आशीष सदा संसार
आपको देगा हे दिवमान।
क्यों सहें जगत का क्षार
त्याग कर आए दिव का ठान?"

"जो सतवन करती आप
नहीं मैं किंचित इसके योग।
यह अग्नि को था श्राप
धरा पर करें समिध का भोग।
मैं बस अंजली में ढाँप
ले आया, इतना सा उद्योग।
आशीष मुझे निष्पाप
यूँ ही मिल गया, कोई संयोग।

क्या करूँ दिवम् का शोक
धरा पर इतना लावण लास।
निष्कांत दिवम् का लोक
धरा पर दिव्य छटा का वास।
मैं पीऊँ भर-भर ओक
राग अर रंग की इतनी राश।"
वह गई किशोरी चौंक
लाज से लालिम मुख विन्यास।

नहीं कुछ कहने को और
शेष, मन का मन को संदेश।
क्या चाहे और चकोर
चाँद मिल गया अरण के देश।
"मैं जाऊँ अपने पौर
मात को चिन्ता मेरी विशेष।"
"कल फिर आऊँ इस ठौर
समिध हित, अरण्य के परिवेश।"

कण्डिका 3

गौष्ठ

यूँ ही गुप्त गऊशाल
में गातुम दूध पिलाती जो।
स्तनों पर सोम रसाल
लगा कर नित्य चखाती वो।
यह नित- नित बढ़ता लाल
पूत को देख थपाती वो।
यह अंश रुद्र महाकाल
सोच फूली न समाती वो।

है दिन-दिन बढता पूत
तोतले बोल बोलकर शोर।
तू रही सोम को सूत
कहीं मत हाण्ड़ी देना फोड़।
ऐसी करती करतूत
दिवम् को देगी तू झकझोर।
इससे पहले वह ऊत
खोजता आए तेरे धौर।

तू ले बालक को पाल
समय की खिंचती जाए डोर।
है कैसी टेढी चाल
गातुमी बाँका तेरा किशोर।
यह त्वष्टर की गऊशाल
बनी तेरी नियतिः का ठौर।
जो विवस्वान वाचाल
पड़ा है इसको चक्कर और।

यूँ ही गौधन के साथ
शक्र अब करता फिरे धमाल।
यह बने भवत का नाथ
यदि है अंश रुद्र महाकाल।
जो नित्य पिलाया क्वाथ
दूध के साथ बनेगा ढाल।
बस रखना सिर पर हाथ
कहीं कर बैठे और बवाल।

जो दिखती है सुखरूप
सुभांगी, जैसे शीतल छाँव।
वह देती है स्वरूप
रति को, उसका किसको चाव?
यह त्वष्टर है जो भूप
एक दिन धौए किसके पाँव?
यह नियति है विषुरूप,
गातुमी कब लौटेगी गाँव?

है रही पिष्ट को छान
गातुमी, ओदन रखा परात।
यह आया है मघवान
कहीं से, करनी है कुछ बात।
"यह त्वष्टर का गऊठान
बना क्यों तेरे सिर की छात?
क्यों रहती है अनजान
यहाँ तू इन गऊवों के साथ?

क्या कलंक तेरे माथ
छुपाकर रखा मुझे क्यों मात?"
"है फिरता जिसके साथ
उसी ने कान भरे हैं स्यात्?"
"तू सिर पर रख कर हाथ
मेरे सच कह दे जो है बात।"
यह अश्रु की बरसात
गातुमी, कुछ ना मुख में आत।

" मैं तब छोड़ूंगा हाथ
तेरा जब सच कह देगी मात।"
" है निरा क्रोध ही माथ
व्यंस के, वह पिशाच की भाँत।
मैं आई थी एक रात
त्याग कर, ढूँढ रहा तेरा तात।"
"बस करनी थी यह बात
एक से, करूँ एक का घात।"

वह चला गया मघवान
गातुमी बैठी रोए मौन।
"क्या बैठा मन में ठान
इसे अब समझाए भी कौन।
यह करता जो मन आन
कहीं कुछ अनहोनी ना होन।
अब रखना इसका ध्यान
रुद्र भगवान आपका छौण।"

अर गया त्वष्ट के द्वार
एक दिन सोम पुरोहित जो।
कुछ ऐसा तिल का ताड़
न जैसा कहीं कदाचित हो।
"किस कारण हो गई राड़
ऋषि वट, थी किसके हित क्यों?"
अमृत से करता प्यार
कनिः को दे बैठा चित वो।

था ऐसा लावण लास
प्रास में प्राण लेन को हो।
कुन्तल उड़ते आकाश
फेंटती पवन फेन को ज्यों।
उतरी है ऋतु मधुमास
दिवम् से, मधु देन को लो।
फँस गई विवस मन फाँस
लेन को एक न देन को दो।

वह बैठी है अनजान
सरण्यू अपने घर के द्वार।
यूँ दिखे दिवम् के याण
अप्सरा बैठी कर शृंगार।
भँव हैं या काम कमान
देखती - चितवन की टंकार।
हैं अक्ष कनिः के बाण
मूढ़ मत मर जाना बेकार।

"मन आँगन बरसे राग
नयन जो बयन करें तेरे।
सरणी तू मेरा भाग
लेऊँ मैं तेरे संग फेरे।"
"जड़मतिः नींद से जाग
स्वप्न में यूँ ही राग टेरे।
जो वरे हंसिनी काग
न ऐसे बुरे भाग मेरे।"

"कर दिया पिता ने कोष
रिक्त यह रूप बनाने में।
नहीं उनका कोई दोष
भला क्या रखा बचाने में।
चाहे तू कर ले रोष,
न आऊँ किसी उल्हाने में।
तू धरती है मैं द्यौष
नियति ना टले टलाने में।"

"हठ यूँ ही बाँध कर मौड़,
रीत ना नई चलाओ तुम।
नहीं मैं तेरी गणगौर
मूढ मत रार बढाओ तुम।
मेरे मन कोई और,
प्रीत का गीत न गाओ तुम।
कहीं ढूँढ दूसरा ठौर
सुखी संसार बसाओ तुम।"

"मैं आया था अतिरूप,
पिता से करने कोई बात।
मैं सब विध हूँ अनुरूप
तेरे, तू मेरे मन की ख्यात।"
वह आते त्वष्टर भूप
कहीं से- "आओ हे विज्ञात।
क्यों बाहर खड़े हो धूप"
- पौर में बैठ गए पश्चात।

माँगा तनया का हाथ
त्वष्ट से- "कनिः दान कर दो।
हे धर्मपिता मेरे साथ
सरण्यू का परिणय वर हो।
सुख सरणी के सिर माथ
न कोई दुख मेरे घर हो।"
"नहीं बनो विरंचि नाथ
विवस्वत, है अमृत सर वो।

वह ठहरी अमृत जात
विवस, नहीं है केवल मर्तमाण।
यह गिरे रीत की छात
यदि परणीत करूँ महिमान।
है तुमको भी तो ज्ञात
पुरोहित, मर्यादा की आन।
जिनका अमृत का गात
उन्हें नहीं परिणय का वरदान।"

चल दिया विवस गऊठान
बात ना बनी बनाई जो।
यूँ रहा मूढ मन मान
टूट ही गई सगाई हो।
ऐसा मति में व्यवधान
कि अपनी लगे पराई जो।
कर लिया मूढ़ विषपान
कहीं, मन तामस छाई जो।

" जब ऐसा निर्घन व्योम
तड़ित यह मेरे ही सिर क्यों?
उठ रहा शिखा से द्योम
दामिनी मार गई गिर क्यों?
जब तेरा भाग विलोम
रहेगा मन मेरा थिर क्यों?
मस्तक में भर दिया मोम
बचेगा अब कोई फिर क्यों?"

आ रहा त्वष्ट का पूत
विथि में, तीन दीखते शीश।
है विवस्वान हठ ऊत
मिटाए अपने मन की टीश।
"क्या कर बैठे करतूत
आप तो दिखते हैं जगदीश?
मख रूप किया आहूत
आपने, दो मुझको आशीष।

यह क्योंकर आविर्भूत
हुए हैं गुप्त शीश दो और?
यज्ञ अग्नि कर आहूत
आपने अमृत लिया निचोड़।
अब मुझको भी अवधूत
ज्ञान के मिलें एक दो कौर।"
यह कुटिल नीत का दूत
जान, चल दिया तिशिर मुँह मोड़।

चल दिया आपने पौर
तिशिर, अर विवस्वान विद्वान।
जा रहा ग़ौष्ठ की ओर
कहीं खोया है अपने ध्यान।
"कुछ करना होगा तोड़
मुझे, कुछ रीत-नीत संधान।
जो बंधे किसी विध मौड़
मेरे सिर, वरण करे महिमान।"

देहर पर खड़ी भगीन
देखती, बात नहीं की थी।
नियतिः की चाल महीन
रात जो भई, प्रात बीती।
मघवन से सोटा छीन
कही कुछ बात कटुक नीतिः।
"जो गऊ कर्म की हीन
पाल पर खड़ी नहीं पीती

देवों को तुम से द्वेष
बहुत, यह कभी मीत हो ना।
क्यों माने अंश विशेष
रुद्र का, भीरू भीत जो ना।
जा ठानो कोई क्लेश
कि जब तक तेरी जीत हो ना।
जिसकी लाठी है भैंस
उसी की- यही रीत क्यों ना?"

" बस एक तुम्हीं तुम हो
कि जिसको चिन्ता है मेरी।
तुम ही माँ गातुम हो
कहो किस विपदा ने घेरी?
अब मुझे सोम तुम्ब दो
त्वष्ट की करूँ उलट फेरी।
अभी पैंजण की रुमझुम हो
सरण्यू तेरी है तेरी। "

" हे सुनो शक्र जो कहूँ
तात यह बात नहीं छल की।
मैं सरणी का बन रहूँ
बीत यह बात गई कल की।
मेरी नियतिः मैं सहूँ
मीत यह प्रीत नहीं हलकी।
जिसकी लाठी है गऊ
उसी की - रीत रही खल की। "

" मन में दुविधा का व्याप
तात क्या बात कहाँ अटकी?
नहीं परणी चाहें आप
सरण्यू - नीत है लंपट की?
तो क्यों इतना प्रलाप
मुझे ही क्यों सोटक सटकी?
तब बैठ रहो चुपचाप
अकारण क्योंकर खटपट की?"

" मैं जिस नियति को साध
रहा, जब से आया गऊठान।
घटती दिखती निर्बाध
मुझे, बस करना कुछ संधान।
कहीं हो जाए अपराध
कोई, ऐसी भी शंका आन।
पर तुमको मिले उपाध
रुद्र की, निश्चित है मघवान।

वह विश्वरूप ऋतवान
घूमता लेकर मख आकार।
है मधुविद्या का ज्ञान
उसे, वह कर सकता यह कार।
जब अमृत का वरदान
मिले तब बनो रौद्र अवतार।
पर क्योंकर वह विद्वान
करे तेरी नियति साकार?"

तब कहे गातुमी जात
विवस से- "करो तात तुम ठाट।
यदि इतनी सी है बात
तिशिर को पकड़ें पोखर पाट।
अर मधुविद्या का तात
उसी से करवा लें उद्घाट।
यह करना पड़े बलात
मार कर उसको चार चमाट।"

" संतोष करो कुछ बाप
नीत यह ठीक न झटपट की।
ना बड़े हुए हैं आप
तिशिर को दे देंगें पटकी।
कहीं प्रगट हो गया पाप
सोम की छिन जाए मटकी।
जो पड़े ढोल पर थाप
लाज ना रहती घूंघट की।"

" खलु मुझे उपाधि, सरणी
तुमको मिलें किस विध क्यों?
यह पड़े रीत अपहरणी
हमको काज तभी सिद्ध हों।
तुम देओ सोम की झरणी
मुझ को, होने तो युद्ध दो।
अब तिशिर, त्वष्ट से करनी
लड़ाई, नहीं भाग रुद्ध दो।"

"जो होगा रण का नाच
नग्न आएंगे अदिति जात।
फिर चलें शूल नाराच
प्रात में हो जाएगी रात।
यह ढह जाए खलु ढाँच
हमारा, बिगड़े बनती बात।
सब भरनी होंगी खाँच
हमें, रण हो तो हो पश्चात।"

"किस कारण वह यज्ञ- व्याप
करे प्रशस्त नियति का माग?
क्या मेरे मस्तक छाप
कोई, बिन खोले खुलते भाग?
अर हो ही जाए बाप
कहीं मेरे हित अमृत याज्ञ।
तो क्यों कर परणें आप
सरण्यू, जिससे मन की लाग?"

" सरणी तो अमृत जात
शक्र, हो सके नहीं परणीत।
अब बीत गई वह बात,
तुम्हारी नियति के हित नीत।
यदि मिलता अमृत गात
तुम्हारे साथ मुझे भी मीत।
संतोष करेगा तात
तुम्हारा - मृत्यु से भयभीत।

नहीं बने हमारी बात
बिना रण नहीं भाग का भोग।
पर जाएँगे इस भाँत
लड़न तो नहीं जीत का योग।
कुछ लेनें होंगे साथ
हमें भी अपने हित के लोग।
जो करने को दो हाथ
तिशिर से, बनें हमारी ठोग।

मख रूप हुआ ऋतवान
तिशिर, अब केवल इक उपचार।
जो मिले रुद्र का बाण,
हमारी नियतिः हो साकार।
वह पहले भी भगवान
किए थे प्रजापति संहार।
ला सकता तृत बलवान
पिता से मघवन बाण उधार।

तृत आपत पड़ा अचेत
विवर में कहीं अरण के ठान।
कर दिया त्वष्ट ने खेत
यूँ ही लड़ बैठा वह अनजान।
है रुद्र लाड़ला प्रेत
हमारा कर सकता कल्याण।
मख-रूप तिशिर के हेत
रुद्र का ला सकता है बाण।

हम खोज अरण का ठान
विवर से उसे निकारें तो।
वह करे सोम का पान
कहीं तो काज हमारे हों।
यदि मान गया बलवान
रुद्र के बाण तुम्हारे हों।
हम रात चलें मघवान
लौटना भोर सकारे हो।"

लेकर मघवन को साथ
रात में चला अरण की ओर।
ले लिया सोम का क्वाथ
सकट में रखा छुपा कर चोर।
"यह क्या कारण था तात
त्वष्ट के मन में कोई मरोड़?
जो करके तृत का घात
त्वष्ट ने दिया विवर में छोड़?"

" यह जन्मा था बलवान
अरण में, पशुओं से था प्यार।
इस कारण ही भगवान
रुद्र ने दिया इसे यह भार।
- ' वन पशुओं का तृत त्राण
करो, ना करे कोई संहार।'
यह पशुपतिः की आन
मान कर करता वह रखवार।

सृष्टि का अग्रिम जात
त्वष्ट है, रखता सबका ध्यान।
था हुआ बड़ा आपात
लगा था प्रजापति को बाण।
यह फिरती थी गऊजात
अरण में, संकट में थे प्राण।
तब गऊशाला की छात
त्वष्ट ने करवाई निर्माण।

यह बना तभी गऊठान
जहाँ अब भी रहती गऊजात।
एक दिवस त्वष्ट महामान
अरण में था गऊवों के साथ।
तब आया तृत बलवान
त्वष्ट से गौ हित करने बात।
'क्यों रखी घेर महिमान
गऊ, अब नहीं कोई आपात?

क्यों बने स्वामि अर कौन
तुम्हें कर दिया गऊ का दान?
जो पशु जगत में मौन
नहीं क्या उनका कोई मान?
नित भरो दूध का द्रोण
और जो करते हो पयपान।
नहीं दूँगा अब यह होन
समझ लो बात खोल कर कान।'

बस यूँही बिगड़ी बात
तृता ने किया त्वष्ट पर वार।
कर दिया त्वष्ट ने घात
हाथ में रखते थे कुल्हार।
हो गया विदिरण गात
और फिर दिया कूप में डार।
अर पुनः घेर गऊजात
ले आए गऊशाला के द्वार।

जो दिया कूप में डाल
तृता का क्षत विक्षत था गात।
थी लुप्त चेतना भाल,
पीड़ में स्वयं से करता बात।
तब बृहस्पति उस काल
अरण के पथ से होकर जात।
'-क्या हुआ कोई जंजाल
कूप में किसका हुआ निपात?'

अर तृत को दिया निकार
कूप से, भीम काय बलवान।
कर सके कौन संहार
तृता का, सोच रहे विद्वान।
तब त्वष्टर का कुल्हार
वहीं पर पड़ा मिला विद्यमान।
अब रहे बृहस्पति धार
कुल्हाड़ी त्वष्टर की मघवान।

तब हुआ त्वष्ट को भान
हो गया उनसे अनुचित कार।
हो गया व्यर्थ रणठान
तृता का कर बैठे संहार।
जब नहीं समझ कुछ आन
चले हैं पुनः अरण के थार।
अर सोच रहे महामान
कूप से देंगें उसे निकार।

जब त्वष्ट अरण में आन
तृता ना मिला कूप के बीच।
जो किया तनिक संधान
किसी का देखा लहू उलीच।
यह पड़ा भीम है ठान
अरण के, हुआ लहू से कीच।
वृक खड़ा देखता, प्राण
यदि निकलें तो खाए खींच।

है लुप्त चेतना भास
नहीं कुछ, पड़ा भीम अनजान।
मूर्छा में कुछ उद्भाष
करे अर खींच रहे महामान।
कन्द्रा के तल पर घास
बिछा कर लिटा दिया बलवान।
ना करें पशु कुछ ह्रास
गुहा के मुख पर लता वितान।"

यह अरण्य है प्राचीन
पहुँच वह गए अरण में रात।
"वह एक समाहित तीन
भीम है, लम्बा चौड़ा गात।
चिर निन्द्रा में है लीन
त्वष्ट ने किया बड़ा आघात।
जो नहीं श्वास से हीन
सोम से बन जाएगी बात।"

मिल गया विवर का द्वार
लता का झुरमुट चारों ओर।
वह झुरमुट को कर पार
गए, तृत दिया दिखाई घोर।
यूँ मूर्छा में उद्गार
करे- "हे दिया इन्द्र क्यों छोड़?"
कुछ समझ न आया सार,
शक्र को याद करे मतिभौर।

वह पड़ा विवर के बीच
न जानें कितना बीता काल।
पर रहा श्वास है खींच
चेतना से सूना है भाल।
अब रहे तृता को सींच
सोम से, खुलते भिचते गाल।
कुछ पीया और उलीच
दिया कुछ, आँखे खुलती लाल।

उठ बैठ गया बलवान
चेतना लौटी मस्तक में।
वह यूँ ही करता ध्यान
देखता रहा एकटक में।
"किस कारण अरे भवान
सोम ले आए सकटक में?
क्यों मुझ पर है विद्वान
किया उपकार यह संकट में?"

"यह गातुम का है पूत
भगीना मेरा है तृत जो।
इस जैसा भीषण भूत
दूसरा और न रणहित हो।
उड़ उड़ जाते जीमूत,
कहीं अट्टहास करे मित जो।
त्वष्टर को देगा कूट
गऊ का होगा ना हित क्यों।"

"किस कारण मन में ताप
अवज्ञा प्रजापति की मौन?
यूँ सरकण्डों से ढाँप
सकट में धर कर लाए द्रोण?
क्यों लड़ें त्वष्ट से आप
अकारण अनहोनी क्यों होन?"
"है मरण तात अभिशाप
जगत में मरना चाहे कौन?"

" कर सकते अमृत जाग
विवस्वत, प्रजापति ही तात।
यह जिस-जिस का था भाग
एक ही बार हुए दिवजात।
वह अमृत का तो याज्ञ
हो चुका, सब है तुमको ज्ञात।
क्या त्वष्टर से खटराग
आ गई क्योंकर मुझ तक बात?"

"जो मधुविद्या का ज्ञान
तृता, वह देत दक्षिणा मात।
जो प्रजापतिः भगवान
उन्हें भी दिया उन्ही ने स्यात्।
अब विश्वरूप, महामान
त्वष्ट का पूत घूमता तात।
मख रूप हुआ ऋतवान
उसे मधुविद्या होगी ज्ञात।

गऊ मुक्ति का प्रयास
तुम्हें यदि करना हो बलवान।
जाओ पशुपति के पास
माँग ले आओ उनका बाण।
नहीं दे सकता फिर त्रास
कोई मख हो अथवा दिवमान।
गऊ मुक्त अरण में वास
करेंगी, हमको अमृत दान।

वह आता अरण्य पाट
तिशिर गऊचारण करने तात।
हम पकड़ वहीं पर डाँट
मुक्त करवा लेंगें गऊमात।
मधुविद्या का उद्घाट
वहीं करवा लें तात बलात्।
नहीं रोके कोई बाट
रुद्र का बाण मिले पश्चात।

तृत समझो इतना सार
दूसरा मख है आविर्भूत।
अब करे रुद्र का कार
कोई, जो ध्यान गए भवभूत।
तुम इन्द्र रहे पुकार,
ध्यान में, यही रुद्र अवधूत।
हम होनहार साकार
करें बस, और न कुछ करतूत।"

"मैं चिन्तन कर के मीत
कहूँगा जो मेरा अनुमान।
अर याद रखूँगा प्रीत
तुम्हारी, दिया सोम का दान।
मैं नहीं तात भयभीत
अकारण करूँ नहीं अभिमान।
अनहोनी मुझ पर बीत
चुकी है, पिऊँ छाछ को छान।"

सकटक में धर पवमान
छुपा कर सरकण्ड़ों के मूल।
चल दिए विवस, मघवान
सकट से उड़ती मग की धूल।
दोनों करते अनुमान -
तृता का संग कितना अनुकूल।
आ पहुँच गए गऊठान
सकट के हिलते डुलते चूल।

जब गए विवस, मघवान
तृता भी करता सोच विचार।
" है होनहार बलवान
स्यात् अब यही नियति का सार।
गऊ मुक्त नहीं महिमान
यदि तो मुझ को भी धिक्कार।
अर बिना रुद्र के बाण
तिशिर का नहीं कोई उपचार। "

वह पहुँच गया वाराण
बैठ ही गया समाधि में।
अर पहुँच गया बस ध्यान,
पात सा उड़ता आंधी में।
पूछे पृश्णि- "बलवान
जगे क्या निद्रा आधी में?"
"हों स्वप्न बुरे महिमान
नींद जब आती व्याधि में। "

अब खुली रुद्र की आँख
- "तृता तुम आए हो किस हेत?"
" हूँ तात आपकी शाख
पड़ा था कहीं विवर में खेत।
जो रही आपकी राख
गया था करने को संकेत।
तो मिले घाव इक लाख
त्वष्ट यूँ लड़ता जैसे प्रेत।

वह फिरते हैं निर्भीक
गऊ भी बंधी उन्ही के ठान।
वह जो कर दें सो ठीक
नहीं तो ठहरे वो बलवान।
बस उनकी ही ऋत नीक,
चलेंगे सब पीछे भगवान।
जो काटे उनकी लीक
करेंगे उससे वो मनमान।

जो रखी घेर कर गौर
रीत यह ठीक नहीं थी तात।
मैं गया त्वष्ट के धौर
इसी पर करने उनसे बात।
जो कहे बात कुछ और
उसी की वहीं उतारें जात।
पटका अरण्य के ठौर
मार कर, तात बड़ा आपात। "

“अब क्या चाहो बलवान
कहो मैं क्या कर सकता त्राण?”
“जो बंधी गौर गऊठान
कराऊँ मुक्त, तात दो बाण।
मख रूप त्वाष्ट्र भगवान
करेगा मुझसे वह मनमान।
बस होगा ढाल समान
आपका बाण, मेरा कल्याण।

मैं आया हूँ भगवान
यहाँ, जो पशुपति हैं आप।
जो मिले आपका बाण
गऊ को और न होगा ताप।
यदि करूँ कोई अवमान
बाण का, देना मुझको श्राप।
बस बनकर ढाल समान
बाण गऊ मुक्त करे निष्पाप। "

वह तीन फलक का बाण
रुद्र ने दिया तृता को और।
यह कहा- “सुनो बलवान
समझ लो बाण बड़ा है घोर।
ला देना मुझको आन
यहाँ पर, मुक्त कराओ गौर।
नहीं करना है अपमान
त्वष्ट का जाकर उसके पौर। ”

कर बार-बार प्रणाम
पिता को, मिला बाण का दान।
क्या होगा अब परिणाम
किसी को नहीं वत्स कुछ भान।
नियतिः दिखती है वाम
त्वष्ट की, आगे जो भगवान।
आ गया विवर के धाम
तृता के अब प्राणों में प्राण।

कण्डिका-4

अरण्य

एक दिन करता गौचार
तिशिर, अरण्य में गऊधन साथ।
विस्मय से आँखें चार
हुई, अर भय से ठनका माथ।
वह आता है बलधार
तृता अर द्रोणा उसके हाथ।
अब खड़ा अरण के थार
अकेला तिशिरस लगे अनाथ।

" कैसे हो त्वष्टर पूत,
आपके गौधन में विस्तार?
क्या ले सकता पय सूत
गऊ से, रही क्षुधा की मार?
मैं घूम रहा अवधूत
अरण में, मिला नहीं आहार।
खलु जीवित हूँ- नहीं भूत,
तात क्यों सूख रही है लार?"

"यह रही गऊ की जात
आप जो चाहें लें बलवान।
था विस्मय का आघात
अचानक देख लिया भय मान।"
भर लिया तृता ने पात
दूध से, तिशिरस से अनुमान।
"हम फेर मिलेंगें तात
नहीं इक दूजे से अनजान।"

अर चला गया बलवीर
अरण में वहीं गुहा की ओर।
वह लिए हाथ में क्षीर
लौटता, नियतिः दिखती घोर।
"यह इतनी सह कर पीर
आज फिर आया मेरे धौर।"
तिशिरस के प्राण अधीर
भाँप कर लौटी घर को गौर।

जाकर अग्नि के पास
तिशिर यूँ करता सोच विचार।
हैं उखड़ी उखड़ी श्वास
तिशिर की, आकुल से उद्गार।
"अब फेर बजेंगे बाँस
देवता, खोल गुहा का द्वार।
वह करता विचरण, वास
अरण में, मन में लेकर खार।"

"सब ज्ञात मुझे है सार
तिशिर जो लुटा सोम का क्वाथ।
अब रहा चेतना धार
कभी जो मुर्छित पड़ा अनाथ।
वह फिरते अरण्य थार,
तृता के मघवन भी है साथ।
यह गुप्त कोई व्यापार
विवस्वत का है इसमें हाथ।

यह विवस्वान ऋतवान,
तिशिर कुछ करे आर-या-पार।
परणी चाहे महिमान
सरण्यू, ऐन केन प्रकार।
जब से आया गऊठान
सरण्यू से करता है प्यार।
जन करें बात यह कान -
अनीती पर उतरेगा जार।

वह लेकर आए बाण
रुद्र का, करें मुक्त गऊजात।
अर करे रौद्र आहवान
शक्र में, विवस्वान विज्ञात।
वह अपने बल के ताण
सरण्यू परणी चाहे तात।
तुम रखना अपना ध्यान
तुम्ही पर हो सकता आघात।"

"क्या तात रुद्र आहवान
शक्र में, होती ऐसी रीत?"
"हाँ, होती है ऋतवान
नहीं है इसमें कुछ भवतीत।
जब हुआ यज्ञ आधान
आप में, होते मख प्रतीत।
तो हो सकता भगवान
रुद्र का जाग नहीं क्यों मीत?"

“क्या अदिति सुत को ज्ञान
हमारे ऊपर जो आपात?
क्या नहीं दिवम् को भान,
जगत में क्या-क्या होता तात?”
" मैं जाऊँगा दिवठान
करूँगा जाकर उनसे बात।
पर लगता है अनजान
अभी सोई दिव की बारात।

अब छोड़ो भय का मान
हो गया था नहीं होना जो।
हम हरण करें पवमान
शेष जो औना पौना हो।
तुम साँझ ढले गऊठान
छुपो जो कोई कोना हो।
अर तिमिर हुए प्रस्थान
साथ में रस का द्रोणा लो। ”

“इससे क्या होगा तात
तृता पी चुका सोम घन तो?
यदि जाग गए वो रात
समर फिर होगा भीषण तो?
क्या लड़ेंगे अदिति जात
शक्र ने छेड़ दिया रण तो?
हम हरण करें अर्थात्,
सोम का, कोई तो कारण हो?

जब उतरे रण की ठान
शक्र तो उड़े धरा की धूर।
उड़-उड़ जाएँ पाषाण
शैल जब रण के मद में चूर।
तब कौन करेगा त्राण
जगत में कोई न इतना शूर।
हम हरण करें पवमान
मुझे तो नियति दिखती क्रूर।"

"क्यों भूल रहे वितराग
आप में यज्ञ का है आधान।
मख रूप आप महाभाग
यज्ञ का रूप मूर्तिः मान।
है यही आपका भाग
रुद्र ही हर सकते हैं प्राण।
नहीं हो पाएगा जाग
रौद्र का बिना सोम पवमान।

इस कारण ही रणनीत
यही है हरो सोम का द्रोण।
फिर सके न कोई जीत
आपसे चाहे जो हो कौन।
नहीं होना है भयभीत
नहीं कुछ अनहोनी का होन।
अब गऊठान से मीत
रात में कलश उठाओ मौन।"

आ गया सोम का घाट
तिशिर का गात रहा है काँप।
"यह दे दो मुझ को माट
और छुप रहो कहीं चुपचाप।
हो जाएगा उद्घाट
भोर में, होगा उनको ताप।
मैं देखूँ उनकी बाट
यदि आएँ लेकर सर-चाप।"

"क्यों छुपना हो दिवमान
मुझे अब नहीं कोई खटराग?
हर लिया सोम पवमान
विवस्वत कर नहीं सकता याज्ञ।
अर बिना यज्ञ आहवान
रौद्र का नहीं शक्र में जाग।
कर सके कौन अवसान
रुद्र बिन, मैं मख हूँ महाभाग?"

"मैं यज्ञ अग्नि हूँ तात
आपमें यज्ञ का है आधान।
बस इतनी सी है बात
आपमें बसते मेरे प्राण।
जब तक ना हो आघात
आप पर, मेरा ना अवसान।
वह मिलकर आएँ साथ
सभी, ना छीन सकें पवमान।

इस कारण हे ऋतवान
आप को, छुपना हो अज्ञात।
नहीं संकट में हों प्राण
मेरे, वह लड़ने आएँ प्रात।
तब बैठे हैं जो ध्यान
रुद्र, मैं करूँ बात पश्चात।
वह लौटा लेंगे बाण
हमारा टल जाए आपात।"

छुप गया तिशिर किस ठौर
नहीं है और किसी को ज्ञात।
अब होने को है भोर
शेष है एक प्रहर की रात।
अर भृगु आश्रम की ओर
जा रहे अगन सोम के साथ।
अब कहलाएंगे चोर
देवता आज प्रात पश्चात।

कण्डिका-5

सभा

“हे सुनो शक्र दे ध्यान
और तुम सुनकर रहना मौन।
घुस गए चोर गऊठान
रात में हरण हो गया द्रोण।
मैं इतना भर तो जान
गया कि आया बैरी कौन।
पद चिन्ह से होता भान
तिशिर ने हरण किया है लौण।”

“यदि किया तिशिर ने पाप
दुष्ट की अभी करूँ गति ठीक।
यह बेटा अर यह बाप
जगत की तोड़ रहे हैं लीक।
मैं धर कर मारूँ थाप
प्राण की दोनो माँगें भीख।
क्यों कर चिंता में आप
नहीं अब देना मुझ को सीख।”

तब वहीं गातुमी आत
सुना जो मघवन का प्रलाप।
“क्या आया है आपात
त्वष्ट को क्योंकर मारे थाप?
है दिवा जगत की मात
त्वष्ट हैं जीव जगत के बाप।
मैं जाकर करती बात
यहाँ तुम बैठ रहो चुपचाप।”

वह गई गातुमी द्वार
त्वष्ट के, दिवा करे सत्कार।
" तेरे कारण है शृंगार
गातुमी, बसा मेरा गऊबाड़।
किस कारण आई लाड़"
- पूछती संग में पीढ़ा डार।
"है त्वष्ट पिता से कार
वही बस कर सकते उपकार।

जो प्रजापति ने दान
किया था द्रोण सोम का मात।
वह रहा तेरे गऊठान
विवस्वत लेकर आया साथ।
पर जाने क्या मन आन
तिशिर ने बिना किए कुछ बात।
कर लिया हरण पवमान
कलश का, छुपकर आया रात।"

" वह गया भोर ही भोर
गातुमी स्यात् अरण के ठान।
पर मेरा तिशिरस चोर
नहीं, कुछ भूल हुई अनजान।
है नहीं कलश मेरे पौर
देख ले, कर ले तू पहचान।
मैं उससे पूछूँ और
आज जो साँझ पड़े घर आन।"

गातुम को आई जान,
त्वष्ट ने सुनी कहानी जो।
"यह निश्चय ही अवमान
दिवम् का है कल्याणी जो।
तुम रखना पद पहचान
ढाँप कर, होना हानि जो।
लेना होगा संज्ञान
बात ना आनी जानी हो।"

वह गई गातुमी लौट
विवस को धीरज का संदेश।
"ना कोई मन में खोट
पिता के, छोड़ो अब आवेश।
है नहीं कलश परकोट
दिवा के, तिशिर गया वन देश।
बस रहो त्वष्ट की ओट
तात, ना कोई रहे क्लेश।"

पर रहा विवस्वत भाँप
हो गई है अनहोनी जो।
वह मघवन के संग आप
गया तृत की तप धौनी जो।
"हो गया तात यह पाप
खो गई रस की द्रोणी जो।
गऊशाल में है पद छाप
तिशिर की चाल घिनौनी जो।

कर सके नहीं उत्पात
अकेला, देव हुताशन तो।
होंगे ही उसके साथ
ले गया मधु का बासन जो।
अब बिना सोम के क्वाथ
न होगी रीत प्रशासन तो।
खलु ठनके मेरा माथ
कहीं अब रण ही आसन्न हो।"

है क्रोध शक्र के भाल
बात जो आई है रण की।
" नहीं होगा कोई बवाल
बात ना करो भिरूपन की।
मैं उलटी दूँगा डाल
गले में श्वास हुताशन की।
खलु होगा रखा संभाल
कही तो मधु का बासन भी।"

यूँ कहे विवस- "ना राड़
शक्र, अब आप रहें चुपचाप।
संतोष करो कुछ लाड़
अधीरज को लग जाता श्राप।
हम यूँ हीं पटक पछाड़
करें, वह भव के हैं तप-ताप।
है नहीं ज्ञात किस आड़
तिशिर ने सोम छुपाया ढाँप।"

यूँ कहे तृता बलवान -
"विवस्वत, मैं जाता हूँ तात।
हैं कहाँ अगन दिवमान
और क्या तिशिरस उनके साथ।
है कहाँ सोम पवमान
और महामान कहाँ, अर्थात्।
हम कर सकते अनुमान
तभी क्या करना हो पश्चात।"

वह चला गया बलवान
विवस्वत बैठा खोली में।
अब सोच रहा विद्ववान -
रहा क्या मर्म ठिठोली में।
खलु चला गया पवमान
यूँही बस आँख मिचौली में।
यदि होगा रण का ठान
नहीं कुछ खाली झोली में।

तृत लौट गुहा में आन
कहे- "हे सुनो विवस्वत तात।
भृगु आश्रम में दिवमान
अगन हैं, नहीं तिशीरस साथ।
ले गया सोम का घाण
और छुप गया कहीं अज्ञात।
अब नहीं कोई अनुमान
तात क्या उनके मन में बात।

ले गया सोम का वाज
और छुप गया कहीं सतनाश।
गऊ चारण करते आज
त्वष्ट बैठे पोखर के पास।
छुप गए कहाँ महाराज
तिशिर, बस मेरे मन यह फाँस।
नहीं होगा अपना काज
आज, अब लौटो अपने वास।"

गऊधन को लेते मोड़
त्वष्ट अर ले आए गऊठान।
मन में चिन्ता - क्या लौड़
पड़ी थी, चुरा लिया पवमान?
वह गया भोर ही भोर
तिशिर कुछ कहे बिना अनजान।
अब भृगु आश्रम की ओर
जा रहे, चिन्ता में महामान।

भृगु आश्रम के माग
त्वष्ट आते दिखते इस ओर।
अर बैठे है महाभाग
अगन भी, बीत गई है भोर।
उनसे करनी थी वाग
त्वष्ट को, चले उन्हीं के धौर।
"क्यों किया देव खटराग
आपने, बने आप क्यों चोर?

यह प्रजापति ने दान
किया था विवस्वान को देव।
कर लिया हरण पवमान
आपने, क्योंकर हठ से लेव?
यदि चरें आप दिवमान
जगत में मर्तमाण के ऐव।
तो होगा यूँ अवसान
धर्म का, नहीं धर्म की सेव।"

"जो होना है उत्पात
पिता, कुछ नहीं आपको ज्ञान।
यह रहे सोम का क्वाथ
और जो साथ रुद्र का बाण।
तो होना है आपात
जगत को, कौन करेगा त्राण?
संकट में अमृत जात
सरण्यू, और तिशिर के प्राण।"

हो गए त्वष्ट हतप्रभ
मिला जो अग्नि से संकेत।
यह ऐसा था संदर्भ,
त्वष्ट को दिए दिखाई प्रेत।
"अवतरण करो हे प्रभः
जगत में आप धर्म के हेत।
यह फट जाएगा गर्भ
अदिति का, उजड़े भव का खेत।"

वह ऐसे हुए स्तब्ध
त्वष्ट, पड़ गया मणों मण भार।
अर बैठे थे निःशब्द
स्वयं से करते थे उद्गार।
"यदि ऐसा है प्रारब्ध
सरण्यू, आज गया मैं हार।
अब रहता क्या उपलब्ध
नियति को करना बस स्वीकार।"

तब कहें अगन से- "मीत
दिवम् से कर लेते व्यवहार।
मैं और आप विपरीत
नहीं, जो कहें करूँगा कार।
यह केवल हित की नीत
दिवम् ना करे कहीं प्रतिकार।
दिव से चलती है रीत
हुताषन, चलता है संसार।"

"तब चलें दिवम् के ठान
आप, मातृश को लेकर साथ।
मैं मिलूँ वहीं विद्यमान
दिवम् से कर लेते हैं बात।
पर मैं ही कहूँ विधान
आप कुछ नहीं कहेंगे तात।"
यूँ कहें अगन दिवमान,
त्वष्ट बस हिला रहे हैं माथ।

वह पहुँच गए दिवपौर,
वरुण ने करी सभा आहूत।
यूँ कहे दिवम् सिरमौर
वरुण- "हे सुनो हविष के दूत।
सब ज्ञात मुझे है और
दिवम् को, किए आप करतूत।
क्यों बने सोम के चोर
आप अर साथ त्वष्ट का पूत?"

" नहीं करने का था काम
देव, पर पड़ी विवशता आन।
क्योंकर करता विश्राम
रुद्र का लेकर आए बाण।
नियतिः लगती थी वाम
जगत की, चुरा लिया पवमान।
अब क्या पाया किस दाम
आज नहीं निर्णय हो दिवमान।"

तब कहें वरुण भगवान
अगन से- "सुनो आप तप- ताप।
क्यों दिया रुद्र ने बाण
तृता को, नहीं जानते आप?
वह बंधी गऊ गौठान
त्वष्ट के, इस कारण संताप।
जो हरण किए पवमान,
विवस ने किया कौनसा पाप?"

अब तपे अगन तपवान -
"पाप क्या बचा है करने को?
यह दिया सोम पवमान
पिता ने अक्षुण्ण धरने को।
पर पिएँ तृता, मघवान
पाप का पेट न भरने को।
अर साथ रुद्र का बाण
जगत तो जीता मरने को।

कुछ नहीं आपको ताप
शक्र जो पीता है पवमान।
क्या रहे नींद में आप
अरण में खुला सोम का घाण?
जब सरकण्डों में ढाँप
विवस्वत गया विवर के ठान।
ना उसका कोई पाप
यदि तो, मैं भी उसी समान।"

तब कहें त्वष्ट महामान
सभा में बैठे थे चुपचाप।
" हे सुनो वरुण भगवान
तात मेरे कारण संताप?
नहीं रखी बांध महिमान
गऊ, वह आती अपने आप।
यदि जाऊँ मैं गऊठान
आज से, लग जाए खलु श्राप।"

हो गई सभा दिव मौन,
वरुण ने देखा उनकी ओर।
" हे त्वष्ट सोम का द्रोण
छुपाकर, रखो आप के पौर।
मैं किसको भेजूं, कौन
रुद्र से करें विनती कर जोर?
नही अनहोनी का होन
बाण वह लौटा लेंगे घोर। "

यूँ कहें त्वष्ट महामान
वरुण से, दिव का जो सम्राट।
"यह दिया सोम पवमान
पिता ने विवस्वान को छाँट।
मैं रख लूँगा भगवान
पौर में तब तक मधु का घाट।
जब लौटा देंगे बाण
रुद्र का, लौटा दूँगा माट। "

अब उठने को दिवमान
सभा थी, करें वरुण आदेश।
" हे सुनो मातृश्वान
तात यह तुमको है संदेश।
थी वैश्वानर की आन
करें ना परिणय अमृत-वेश।
ना करे कोई मनमान
रीत में रेत नहीं लवलेश। "

हैं कितने अमृत-वेश
मिला क्यों मातृश को आदेश?
यह दिवता का आवेश
रहा या कटुता का लवलेश?
अर लौटे घर परिवेश
दिवा ने पूछा- “कोई क्लेश?”
“यह सोम बचा है शेष
छुपा कर रख दो इसे विशेष।

वह हरण कर लिए द्रोण
और फिर सभा दिवम् के ठान।
किसको समझाए कौन
दिवा, सबके सब हैं दिवमान।
यह शेष सोम का लौण
हमें रखना होगा महिमान।”
“क्यों आप हो गए मौन
दिवम् में हुआ कोई अपमान?”

“ नहीं जाना है गऊठान
आज से, मुक्त हुई गऊमात।
है दिया वचन दिवमान
सभा में, रखना मेरी बात।”
“पर क्योंकर वह महिमान
रहेंगी, बिन सेवा बिन छात?”
“यह समझेंगे भगवान
दिवा, कुछ नहीं हमारे हाथ।”

कण्डिका-6

समिति

वह बैठी थी गऊठान
गातुमी, तभी विवस्वत आत।
अर खोया अपने ध्यान
गौष्ठ में टहल रहा अर्थात्।
जो पड़ी बात है कान
विवस्वत का जलता है गात।
पूछे गातुम महिमान-
"विवस्वत, क्या चिन्ता है तात?"

" वह ढूँढ रहा है व्यंस
तुम्ही को सभी दिशाओं में।
आ गया यहीं नृशंस
पास के बसती गाँवो में।
मैं कर दूँगा विध्वंस
छार है इतना घावों में।
खलु दूँगा ऐसा दंश
बहे ना रक्त शिराओं में।

कित चला गया मघवान
यहाँ क्यों रहता ना गऊशाल?
ना सुने किसी की कान
चले बस अपने मन की चाल। "
" मैं तात यहीं गऊठान
आप चिंता कूए में डाल।
सो रहो चादरा तान
आपको पड़ा मिलेगा व्याल। "

है बैठा कहीं सचेत
शक्र भी देख रहा है बाट।
खलु इस दिन ही के हेत
सोम का कभी खुला था माट।
बस मिल जाए संकेत
व्याल का, बैठा लेकर लाठ।
यह गऊशाला की रेत
आज रण देखे सबसे छाँट।

आ गया त्वष्ट के पास
उसी दिन पूछ वनिता को।
हो गए त्वष्ट निःश्वास
भीम यह भाव से रीता जो।
"वह रहती तेरे वास
त्वष्ट, मेरी परणीता क्यों?
नहीं देना मुझको झाँस
नहीं तो यहीं पलीता हो।"

अर गया त्वष्ट के ठौर
शक्र जो पीछे का था द्वार।
अब ढूँढे चारों ओर
सोम का कहाँ रखा है झार।
जो खड़ा द्वार पर घोर
त्वष्ट को व्यंस रहा दुत्कार।
जलता मघवन का पौर
दुष्ट को यहीं पटक कर मार।

" क्या है तेरा अधिकार
व्यंस क्यों करते हो अनरीत?"
"ना सुनूँ तुम्हारा सार
त्वष्ट, अब समय गया है बीत।
है मेरे सिर का भार
गातुमी, मुझसे है परणीत।
वह रहती है गऊबाड़
तुम्हारे, मुझको है प्रतीत।"

चल दिया व्यंस गऊठान
त्वष्ट को लगा- पौर में कौन?
किसका करती आहवान
दिवा और खड़ी सरण्यू मौन?
" हे नहीं शक्र बलवान
आपको नहीं मिलेगा द्रोण।
यह अगन देव की आन
रहेगा मेरे घर पर लौण।"

मिल गया सोम का घाट
शक्र ने लिया त्वष्ट से छीन।
वह पीता वहीं विराट
माट से, खड़े देखते तीन।
है रक्तिम छटा ललाट
सोम से, त्वष्टर दिखते दीन।
"अब मेरा है यह माट,
नहीं मैं अगन देव आधीन।"

चल दिया शक्र ले द्रोण
त्वष्ट का चले न कोई जोर।
खलु इसको रोके, कौन
दूसरा इसके जैसा और?
जीवन का तीखा कौण
गातुमी खड़ी आज किस मोड़?
तू कब तक रहती मौन
कभी तो होना ही था तोड़।

बाड़े से यूँही देख
विवस्वत कहे- "गातुमी हे।
आ गया पाप यह ठेठ
आज तो नियति घूमी हे।
यह लिए खड़ा है टेक
ठान की छपरी झूमी हे।
ना सुने किसी की एक
दरकती आए भूमि हे।

हे सुनो शक्र जंजाल
आ गया, तुम्हे बताऊँ मैं।
यह चले अटपटी चाल,
इसी के आड़े लाऊँ मैं।
तुम उठो पूत तत्काल
कहाँ हो - नीत बताऊँ मैं।
आ गया द्वार पर व्याल
गातुमी कहाँ छुपाऊँ मैं?"

" क्योंकर इतना आवेश
विवस्वत, वैर नहीं कोई?
मैं तो गातुम का देश
देखने आया, वह खोई।
क्या ऐसा हुआ क्लेश
कि संगत सब उसने धोई?
कुछ मेरा उसमें शेष
नियति यह मैने भी ढोई।"

वह खड़ी गातुमी देख
रही क्या होगा और बवाल।
यह निरा पाप आलेख
न कोई इसे धर्म की ढाल।
हैं पाप पुण्य इक रेख
जानता कुछ ना यह विकराल।
कर विवस्वान को एक
ओर, बोला गातुम से व्याल।

" या तो मैं तेरे साथ
नहीं तुम चलो साथ मेरे।
क्यों बनकर रही अनाथ
अकारण, नियति के फेरे।
मैं जिसका पकड़ूँ हाथ
न कोई मग उसका घेरे।
है लिखा भाग मेरे माथ
तुम्हारा, मेरा भाग तेरे।"

" तू ठहर मूढ़ मैं भंग
माथ कर मेटूं नियति लेख।
कर लिया बहुत हुड़दंग
आज तू मेरी नियति देख।
ठीक करूँ तेरे ढंग
मूढ़ कुछ दिखे नहीं निरपेख।
तोड़ूँ एक एक अंग
तेरा मैं, जुड़े न जोड़े मेख।"

यूँ गरज रहा मघवान
कहीं से आया लेकर द्रोण।
दे दिया सोम का घाण
विवस को, लगी गातुमी रोन।
" चुप हो जा माँ महिमान
नहीं कुछ अनहोनी का होन।"
वह समझ गया बलवान
व्यंस, यह भीषण बालक कौन।

" तू बालक है अभिजात
वत्स यूँ करो ढ़िठाई ना।
ना गिरे दूध के दाँत
अभी से करो लड़ाई ना।
मुझे गौरव तुम पर तात
पिता मैं, गातुम पाई माँ।
मैं आया करने बात
भला कुछ रही भलाई ना।"

" जानूँ तेरे उत्पात
करी है बड़ी भलाई जो।
नहीं सोई कितनी रात
मेरी यह गातुम माई जो।
तू करने आया बात
तेरी मैं करूँ सगाई जो।
यहीं नाचेगी बारात
करेगा त्राहिः त्राहिः जो।"

" तू बालक है मैं बाप
वत्स यह ठीक नहीं है बात।
मैं मारूंगा जो थाप
दिखेंगे दिन में तारे तात।
मैं आपे में हूँ आप
खड़ी जो यहीं तुम्हारी मात।
मुझे लग जाएगा पाप
यदि मैं करूँ तुम्हारा घात।"

मघवन करता अट्टहास
व्यंस को हुई थरथरी है।
अब कोई आस न पास
सामने खड़े, नरहरी हैं।
फिर व्यंस ने ड़ाली फाँस
फंस गया इन्द्र रणवरी है।
खींचे नहीं आए श्वास
फाँस यह ऐसी ठहरी है।

चढ़ ऊपर लिया दबोच
व्यंस ने, वार किया भारी।
मुख मुंड में आई मोच
धरा की धूल लगे खारी।
वह रहा चर्म को नोच
नखो से ज्यों आमिष हारी।
पड़ गई मघवन को सोच
आज रणनीत गई सारी।

क्यों यूँ ही जाता हार
इन्द्र वह निज नियतिः का साण्ड।
अर निकल पास के पार
ले लिया दो जंघा में भाण्ड।
फिर किया व्यंस पर वार
कि जैसे हिल जाए ब्रह्माण्ड।
धुम धड़म धना धन धार
व्यंस अर मघवन का यह ताण्ड।

छल बल में अपरम्पार
व्यंस है, बालक है मघवान।
हो जाए ना अपकार
सोच कर आए हैं गऊठान।
जो देखा रण का सार
वहाँ भीषण दोनों बलवान।
मघवन ने भीम पसार
दिया, घर लौट गए महामान।

ले चले पाँव से खींच
व्यंस को कहीं अरण की ओर।
अरण्य के जाकर बीच
धरा पर दिया व्यंस को छोड़।
"यह नियति: तेरी नीच
नहीं सकता था कोई मोड़।
जा मरता कहीं गलीच
नहीं मेरे सिर आती कौड़।"

अर चला विवस के साथ
शक्र अब लौटे हैं गऊठान।
घुटनों पर रखकर माथ
गातुमी रोती है अनजान।
काँधे पर रख कर हाथ
शक्र यूँ कहे- "मात महिमान।
क्या स्वारथ क्या परमाथ
जगत में नियति है बलवान।

वह मरा नहीं है मात
अभी जीवित लेता है श्वास।
बस इतना ही आघात
लौट कर आएगा नहीं पास।
जब परिणय के पश्चात
त्यागना पड़ा तुझे सतनाश।
क्या करना उसका साथ
भूल जा, होना नहीं उदास।"

बैठी आँगन के पाट
सरण्यू दिखती आज उदास।
तू किसकी देखे बाट
और क्यों जाती पोखर पास?
नित-नित जाती है घाट
नहीं पर मिटती मन की प्यास।
क्योंकर मन हुआ उचाट
तेरी नियति में जब सन्यास?

अर गातुम रही बुहार
गौष्ठ को, नित आती गऊजात।
वे जाती अरण्य थार
भोर में, गौधूली में आत।
तू जाकर उसके द्वार
पूछ ले, क्यों नहीं आती मात।
क्या हुआ दिवा को खार
और क्या ठीक नहीं हैं तात?

वह आए हैं गऊबाड़
शक्र अर विवस्वान चुपचाप।
यूँ कहे गातुमी- " लाड़
सुनो, मेरे मन इक संताप।
जो लिया सोम का झार
त्वष्ट को दे दो अपने आप।
ना करो तात अपकार
जगत के दिवा त्वष्ट माँ बाप। "

" जो कहें आप तो मात
दिवम् को दूँ धरती पर टेक।
पर नहीं मानता बात
आपकी एक यही बस एक।
अब आएँ अदिति जात,
हुताशन, आने तो दो तेक। "
"क्यों लड़ना सबके साथ
तुझे, मैं हाण्ड़ी दूँगी फेंक। "

अर सिसक-सिसक कर रोत
गातुमी, चला गया मघवान।
" क्यों कर अनहोनी होत
मेरे ही घर में नित भगवान?
मैं यहीं जलाऊँ ज्योत
अगन की, यहीं करो अपमान।
हे चलो विवस प्रदयोत
चलें हम, छोड़ूँ अब गऊठान। "

वह गई गातुमी पौर,
त्वष्ट के साथ दिवा महिमान।
"मैं जाती हूँ कहीं और
पिता, हूँ कृतघन मैं संतान। "
"क्यों जाएगी मुँह मोड़
पिता से"- कहें त्वष्ट महामान।
यूँ कहे दिवा- " हे छोड़
गातुमी बालक है मघवान।

क्यों मन पर इतना भार
गातुमी, क्यों बालक की बात?
ले बैठी मन में धार,
नहीं कुछ आया है आपात।
अर कौन मेरा गऊबाड़
संभाले, आएँ जब गऊमात?
है बसा तेरा संसार
गातुमी, अर मेरा भी साथ। "

वह लौट गई गऊठान
गातुमी, बैठी पीढ़ा डाल।
क्या करना है प्रयाण-
विवस्वत पूछ रहा वाचाल।
" ना जाने दे महिमान
मात अर मैं नहीं सकती टाल।
अब नहीं दिवा-महामान
गऊ की मैं ही करूँ संभाल। "

अब शंका में मघवान
त्वष्ट नहीं आएंगे गऊशाल।
अर यदि गातुम महिमान
करेंगी गऊधन की सम्भाल।
नहीं होगा रण का ठान
और मधुविद्या की भी टाल।
है व्यर्थ रुद्र का बाण
विवस की नीत गई पाताल।

पर विवस्वान मतिमान
जानता, नहीं गई है नीत।
है मख का जो आधान
तिशिर में, करे गुप्त वह रीत।
करता था अरण्य ठान
दुग्ध से ऋत, ऐसा प्रतीत।
गऊ पय में बसते प्राण
छुपेगा कब तक यूँ भयभीत?

अर समझाए- "मघवान
हमारा बना रहे आरोप।
गऊ पय में उसके प्राण
तिशीरस सदा रहेगा गोप।
जो रहा रुद्र का बाण
शक्र ऐसा इसका प्रकोप।
दे मधुविद्या का दान
हमें, यह सकते उस पर थोंप।"

था सरणी का संकेत
मातरिश बैठा पोखर आन।
वह बुलवाई जिस हेत
सोचकर मन में है व्यवधान।
यह होगा ऋत में रेत
जानती नहीं कनिः अनजान।
आ रही अरण के खेत
दूर से दिखती है महिमान।

" किस कारण मन में खार
मीत, क्यों बैठे हो चुपचाप?
क्या अनजाने में प्यार
मेरे, मैं कर बैठी कुछ पाप?
मैं करूँ अभी प्रतिकार
बताओ क्या है पश्चाताप?
यह सूना है संसार
मुझे यदि रूठ गए खलु आप।"

"तू निपट प्रेम प्रतिमान
सरण्यू कैसा तुझ पर रोष।
सपने में भी अनजान
नहीं दे सकता तुझको दोष।
अनुराग तेरा महिमान
मेरे इस जीवन का परितोष।
बस नियति का अभिज्ञान
हुआ, इस कारण है आक्रोश।"

"यह कौन नियति का ज्ञान
कहाँ से लेकर आए आप?
मैं भी तो सुनूँ भगवान
आपके मन में क्या संताप?
यूँ चुप रहकर मत प्राण
हरो, खलु लग जाएगा श्राप।
मैं चली प्रेम के याण
यदि अब मुड़ देखूँ तो पाप।"

“हम दोनो अमृत जात
सरण्यू, नहीं हमें अधिकार।
कि मर्तमाण की भाँत
बसाएँ अपना सुख संसार।
यह गई दिवम् तक बात
नहीं अब गुप्त हमारा प्यार।
हम करें रीत का घात
यदि परणीत पुरुष अर नार। ”

“यदि अमृत बाधा मीत,
करेंगे हम अमृत का त्याग।
नहीं होना है भयभीत
मातरिश, बंधे हमारे भाग।
अमृत से बढ़कर प्रीत
मेरी, तज अमृत लूँ सौभाग।
हम चले प्रीत की रीत
जगत में परिणय से रंग-राग। ”

“ पर क्योंकर होगा त्याग
अमिय का, ऐसी कोई रीत।
नहीं होती है महाभाग
मेरा मन इस कारण भयभीत।
जो अमृत के हित याग
हुआ था, उससे तो प्रतीत।
अब यही हमारा भाग
रहेंगे बन कर अमृत मीत। ”

वह बैठे पोखर पाल
नहीं कुछ और कहन में आत।
जलता सरणी का भाल
नहीं माँगा था अमृत गात।
यह अमृत है जंजाल
सोचती जलती अमृत जात।
"खलु लेंगे पिता सम्भाल
मैं जाकर करती उनसे बात।"

वह बैठे हैं महामान
पौर में, गया तिशिर किस ठौर।
अर दिखती है महिमान
सरण्यू आती अपने पौर।
यूँ कहे पिता से आन-
"तात यदि मैं अमृत दूँ छोड़।
तो कर दें कन्या दान
मेरा या कहें धर्म कुछ और?"

सुन चौंक गए महामान-
"लाड़ हे, कैसी करती बात?
यह क्या तेरे मन आन
सरण्यू, तू है अमृत जात?
नहीं होता यूँ महिमान
त्याग, यह अमृत का है गात।
पर कर दूँगा मैं दान
तेरा, तू जिस पर रख दे हाथ।

नहीं परिणय में व्यवधान
सरण्यू, प्रजनन को है श्राप।
जिनको अमृत का दान
मिला वह जनन करें तो पाप।
यह पहले भी महिमान
हुआ है, प्रथम नहीं हैं आप।
यदि रूठें भी दिवमान
कोई तो मैं बेटी का बाप।"

श्वसों को मिल गए प्राण,
सरण्यू गई नाचती और।
कहीं बैठा अरण्य ठान
मातरिश रोता हो चितचोर।
नहीं परिणय में व्यवधान
जनन की पड़ी किसे है लौड़।
अर आँगन में महामान
गए- "हे सुनो दिवा मतिभौर।

यह बेटी हुई युवान
हमें अब करनी हो परणीत।
जिससे चाहे महिमान
उसी से कर दूँ परिणय रीत।
मैं करता हूँ आहवान
पञ्चजन, करनी पड़े समीत।
यदि पूछ सको मतिमान
पूछना - किससे उसकी प्रीत।"

करनी थी जन से बात
त्वष्ट बुलवाते तात समीत।
"वो है अमृत की जात
सरण्यू, करनी है परणीत।"
"यह हो नहीं सकता तात
करेंगे आप भला अनरीत?
है तात आपको ज्ञात
जगत में मृत-अमृत की रीत।

यदि प्रजनन अमृत जात
करेंगे, भव को रहे क्लेश।
क्या नहीं तात संज्ञात
वैश्वानर का था आदेश?"
"हे सुनो पंच जन बात
मेरी, फिर लेना निर्णय शेष।
वह दुहिता है- इस भाँत
नहीं रखते वितरागी वेश।

ना होगा कुछ अवमान
धर्म का, होगी ना अनरीत।
अमृत का कन्या दान
नहीं क्या पहले हुआ अतीत?
नहीं परिणय से व्यवधान
जनन से होती ऋत विपरीत।
नहीं जनन करे महिमान
रहेगी मृत-अमृत की रीत।

हो मेरे सिर यह पाप
करे जो जनन अमिय के वेश।
पर बेटी को हम श्राप
नहीं दे सकते हे विश्वेश।
जो दोष बताएँ आप
रीत में होगा ना लवलेश।
अर मैं बेटी का बाप
यही है मेरी नियति शेष।"

हो गई सभा चुपचाप
हुताशन एक रहे दिवमान।
अदितिः सुत के मन ताप
त्वष्ट की नहीं सभा में आन।
यूँ कहें अगन- "हे आप
पंचजन, रखना होगा ध्यान।
वो हैं दुहिता के बाप
धर्म का देना होगा दान।"

नियतिः के उलझे लेख
जान कर रहे पंचजन लौट।
बेटी है इसको देख
त्वष्ट को दिए धर्म की ओट।
अब जिसके मस्तक रेख
वही पाए अमृत की पोट।
खलु कौन रहे निरपेख
और किस किस के मन में खोट?

है भृगु ऋषिः का ठौर
आज आए त्वष्टर महामान।
अर साथ रीत सिरमौर
हुताशन कहें- "मातृशवान।
वह तेरे सिर पर मौड़
देखना चाहती है महिमान।
कुछ कहना तुमको और
देव या स्वीकार है दान?"

"हैं भाग मेरे दिवमान
यदि मैं सरणी से परणीत।"
तब कहें त्वष्ट महामान -
"वत्स क्या तुमको यह प्रतीत?
कुछ मर्यादा की आन
तभी अमृत की परिणय रीत।
रखना हो उनका मान
नहीं तो ऋत होती विपरीत।"

कर दिया तिलक है माथ
त्वष्ट ने अर आशिर की मेख।
" जुग जुग तक रहना साथ
सरण्यू तेरी है अब देख।
उसके बिन रहूँ अनाथ,
करूँ क्या, यही रीत आलेख।
करने हों पीले हाथ
कनिः के" - मौन हुए निरपेख।

होगी सरणी परणीत
तिशीरस आया घर को लौट।
है अब भी मन भयभीत
सोम का द्रोण नहीं परकोट।
वह कर सकता छलनीत
विवस्वत, मन में उसके खोट।
पर मुनि नारद भवतीत
गए हैं, यही एक बस ओट।

यह अरण्य का है देश
रुद्र का तीर्थ है वाराण।
लेकर दिव का संदेश
मुनिःवर नारद करते ध्यान।
कर गए ध्यान प्रवेश
वहाँ जो बैठे हैं भगवान।
"आओ वितराग विशेष
आपका किस कारण से आन?"

वह दिखते पिता विराट
और माँ पृश्णि उनके वाम।
है लालिम नील ललाट
लेटकर करते मुनिः प्रणाम।
"कुछ दिखते वत्स उचाट
आप तो नित नित रहते साम?"
"मैं आया हूँ इस घाट
पिता कुछ पाने को विश्राम।

दे दिया आपने बाण
तृता को, दिया पिटारा खोल।
वह विवस्वान विद्वान
जगत का भाग रहा है तोल।
कुछ कर देगा व्यवधान
प्रलय में डूबेगा भूगोल।
क्या निश्चय है भगवान
आप क्यों बैठे हैं अनबोल?"

" वह आया था बलवान
उसे कुछ चाहिए थी बस ओट।
गऊ मुक्त करें महिमान,
बाण से नहीं किसी को चोट। "
"है विवस्वान विद्वान
साथ में, उसके मन में खोट।
यह दिया उसी ने ज्ञान
तृता को, रीत-नीत में घोंट।

तृत अर मघवन की जोट
तात अब दोनो दिखते साथ।
वाराण घाट से लौट
तृता ने की मघवन से बात।
गौ-मुक्ति की ले ओट
और ही कर सकते उत्पात।
हो सकता मन में खोट
भला वो क्या चाहेंगे तात?

कर सकते हैं व्यवधान
रीत का, नीत न खोटी क्यों?
कर प्रजापति अवमान
लुटा दी सोम की लोटी जो।
यदि होगा रण का ठान
देव यह बात न छोटी हो।
अनहोनी का अनुमान
शक्र ने कसी लंगोटी जो।

नहीं बँधी गऊ हैं ठान
त्वष्ट के, गऊ मुक्त हैं तात।
जो दिया आपने बाण
कोई अन्य ही होगा उत्पात।"
"मैं समझ गया विद्वान
आप के मन जो संशय आत।
मैं लौटा लूँगा बाण,
नहीं कुछ आएगा आपात।"

" हे तात बड़ा आभार
आपका- निरे दया के धाम।
खलु कहता है संसार
सदाशिव रहा आपका नाम।
मुझ जैसा हो निस्सार
और फिर बैठे सुनते साम।
हे नमों - नमों कर्तार
आपको बार-बार प्रणाम।"

जब नारद का प्रस्थान
रुद्र का मरुतों को आदेश।
"तृत रहता है किस ठान
देख लो, जाओ उसके देश।
वह लेकर आए बाण
यहाँ, दो उसको यह संदेश।"
उड़ चले वायु के याण
मरुदगण- आँधी का आवेश।

कण्डिका-7

रौद्र

उत्सव त्वष्टर के पौर
हुताशन लिखें लग्न का काल।
यह जाएगी हिय कौर
सोच कर बैठी दिवा निढ़ाल।
अर घर में चारों ओर
गातुमी सब कुछ रही संभाल।
"क्यों छुपती फिरती चोर
कहीं की, तेरे मन की चाल।"

परिणय का है संदेश
सजाते हैं जन तोरण द्वार।
आया है लग्न विशेष
कनिः का दान करे संसार।
एक दिन छूटे पितु देश
जगत की यही रीत, व्यवहार।
उत्सव न रहे कुछ शेष
लाड़ली जाए पति घर बार।

चल रहे भोज नित नीत
त्वष्ट से बड़ा कौन यजमान।
जन नारी गाएँ गीत
सुमंगल, अमृत का कनिः दान।
खोई है कहीं अतीत
दिवा, बैठी आँगन महिमान।
कब गया बालपन बीत
और कब बेटी हुई युवान!

वह बैठे हैं गऊठान
विवस अर मघवन करते बात।
"खलु वरण करे महिमान
त्वाष्ट्रि, आएगी बारात।
थी यही आपकी आन
रहे वितरागी अमृत जात।
क्या रही रीत मतिमान
सरण्यू के परिणय पश्चात?"

अर लगा विवस्वत रोन-
"शक्र जो नहीं भाग में तात।
सह लूँगा उसको मौन
नहीं ओठों तक आए बात।
यह अनहोनी का होन
यदि होता भी मुझको ज्ञात।
नियति के तिर्यक कोण,
नहीं कुछ होता मीत बलात।"

उठ चला गुहा की ओर
विवस्वत, पीछे मघवन आत।
चल दिया गौष्ठ को छोड़
सरण्यू की आए बारात।
यूँ चला विवस मुहँ मोड़
छुपाए मन पर जो आघात।
आए हैं तृत के ठौर
गुहा में बैठे करते बात।

वह पूछ तृता का वास
मरुदगण आनन-फानन में।
आ पहुँचे उसके पास
जहाँ रहता है कानन में।
वह करता है अभ्यास
बाण जो एक है बाणन्ह में।
है नई आश, विश्वास
नया है तृत के प्राणन्ह में।

तृत चौंका बली विशेष
देखकर पृश्णि की संतान।
"किस कारण आंधी-वेश
आपका हुआ अचानक आन?"
"हम लाए हैं संदेश
पिता का, लेकर जाओ बाण।"
" मिल गया मुझे आदेश
चलो आओ कर लो जलपान।"

जो गए गुहा के ठान
विवस से कहे तृता बलवान।
"यह रहे मरुत महाप्राण
पिता की अमृत हैं संतान।
संदेश पिता का आन
मुझे अब जाना होगा ध्यान।
कुछ होगा संशय मान
दिया है तीन फलक का बाण।"

यह विवस्वान मतिमान
मरुत का देख रहा है भाल।
मरुतों का कर अनुमान,
कहे उनके मन की वाचाल।
बातों का बुने वितान
किसी को दे संशय में डाल।
अर करवाता संज्ञान
मरुत को, चलता अपनी चाल।

"खलु होकर अमृत मीत
आपका ऐसा है दुर्भाग।
ना होती कोई रीत
आपकी, ना होता यज्ञ याग।
यह अगन देव की नीत
मरुत, कुछ नहीं द्वेष या राग।
जिन से होते भयभीत
उन्हीं को देते हैं यज्ञ-भाग।

मैं करूँ रौद्र का जाग
शक्र में और रुद्रगण आप।
यह रुद्रों का प्रयाग,
साथ में रहे रुद्र का चाप।
दें देगें यज्ञ का भाग
आपको स्वयं अग्नि यज्ञ-ताप।
घटती दिखती महाभाग
सहज ही, आज नियति निष्पाप।"

तब कहे तृता बलवान
विवस की बात सुने पश्चात।
"ना लौटाएंगे बाण
करेंगे अग्नि से रण तात?"
यह सीधा है अवमान
पिता का, घात बात की बात।
नहीं मेरा कुछ कल्याण
तुम्हारा होगा तुमको ज्ञात।"

" तृत समझो सीधी नीत
गऊ को मुक्त कराना है।
तिशिरस को कर भयभीत
मधुविद्या को पाना है।
आएंगे अग्नि मीत
स्वयं ही- तिशिर बचाना है।
तिशिरस में मख प्रतीत
अगन का प्राण आधाना है।

गऊ मुक्त करन को तात
तिशिर से होगा रण का ठान।
अग्नि को हो आपात
तिशिर में बसते उनके प्राण।
ना तुम पर आए बात
कोई, जब जाओगे वाराण।
यह रहें मरुद्गण साथ
तुम्हारे हित में दें प्रमाण।"

पर संशय में बलवान
तृता यूँ कहे- “ठीक नहीं नीत।
नहीं आते हैं गऊठान
त्वष्ट तो गऊ मुक्त हैं मीत।
अर करना है कनिदान
त्वष्ट को, सरणी हो परणीत।
ऐसे में रण का ठान,
मुझे कुछ नीत नहीं प्रतीत।”

तब कहे विवस वाचाल -
“तृता उत्सव त्वष्टर के पौर।
ना जाकर करें बवाल
कोई, हम रहें अरण के ठौर।
नित आती पोखर पाल
गऊ अर छुपकर आता चोर।
वह भरे दूध का थाल
तिशीरस, करे गुह्य ऋत और।

वह आती हैं महिमान
गऊ निश्चिय ही अपने-आप।
नहीं आता है गऊठान
तिशीरस अथवा उसका बाप।
पर करे अरण में आन
दुग्ध का दोहन जो चुपचाप।
गऊ मुक्त नहीं बलवान
तिशिर के सिर आएगा पाप।

जो रहा लग्न का काल
हमारे हित में है यह तात।
वह जाएगी ससुराल
सरण्यू, आएगी बारात।
नहीं अगन, त्वष्टर टाल
सकेंगे, अवश्य मान लें बात।
नहीं होगा अधिक बवाल
तृता, यह सहज नियति का पात।"

खलु मरुत और बलवान
तृता ने करी नीत स्वीकार।
कल होगा रण का ठान
तिशिर जब आए अरण्य थार।
अब कहे विवस विद्वान
सखा से, शेष नीत का सार।
कर मुक्त गऊ महिमान
शेष जो करना होगा कार।

"अब लड़ना है निर्भीक
तुम्हे कि जब तक बात बने।
रणनीत यही है ठीक
तिशिर से पहले राड़ ठने।
जब उसकी सुन कर चीख
त्वष्ट आएंगे रण करने।
सुत के प्राणों की भीख
त्वष्ट को देनी है हमने।

उसके बदले उद्घाट
तिशिर से मधुविद्या का ज्ञान।
तुम होगे 'रुद्र' विराट,
'रुद्रगण' हों पृश्णि संतान।
हैं अग्नि जो हव्याट
वचन का लेंगे उनसे दान।
वह देंगे तुमको छाँट
यज्ञ का भाग- मरुत, मघवान।"

घर गए शक्र, विद्वान
गातुमी है त्वष्टर के पौर।
सब जुटा वहीं जनमान
त्वष्ट के घर उत्सव का रौर।
जब आई वह महिमान
जानती कुछ भी ना मति भौर।
सो रहे विवस, मघवान
गातुमी कहती भी क्या और।

उठ चले भोर ही भोर
शक्र ने पिया सोम का क्वाथ।
चल पड़ी अरण को गौर
आप ही जाती हैं नित मात।
बैठे हैं कन्द्रा ठौर
तृता के साथ मरुद्गण तात।
वह जाते हैं उस ओर
विवस के साथ गातुमी जात।

वह आया है चुपचाप
तिशिर, हैं जहाँ गऊ महिमान।
चल दिया दूध ले ढाँप
करन को गुह्य रीत आहवान।
तब सुनती है पदचाप
अरण में हुआ किसी का आन।
खलु सूँघ गया है साँप
देखकर संकट में हैं प्राण।

तृत आता उसकी ओर
हाथ में लिए रुद्र का बाण।
वह दिखें मरुत घनघोर
और पीछे आता मघवान।
तन रही नियति की डोर
आज, जो रही खींच अर तान।
भयभीत तिशिर मन शोर
अकेला खड़ा अरण के ठान।

"क्यों हरण किया था द्रौण
और क्यों गऊ मात घेरी?
खलु मार कूट कर मौन
रहो, बस यूँ नियतिः फेरी?
देखूँ आता है कौन
करन को अब रक्षण तेरी।"
तृत बोल रहा अनहोन
तिशिर ने फूँकी रण-भेरी।

जो हाथ लिया था बाण
रुद्र का, तान तिशिर को मार।
वह गिरा धरा पर आन
और फिर ऊठ खड़ा बलधार।
तृत करे वार जो ठान
तिशिर का गिरे भूमि पर भार।
फिर-फिर उठता बलवान,
तृता जो करे वार पर वार।

वह दूर खड़ा विद्वान
शक्र से करता था यूँ वाग।
"है तिशिर बड़ा बलवान
करेगा नहीं समर का त्याग।
मैं जाता हूँ गऊठान
शक्र अर करूँ रौद्र का जाग।
नहीं निष्फल होगा बाण
तुम्हें पूर्ण करना यह याग।"

गऊठान गया, पवमान लिया
अर बैठ गया छपरी तन के।
यज्ञ-याग करे- "हे जाग हरे
महाभाग अरे रौद्र बन के।
जय-जय भगवन तुम से उत्पन्न
भीषण रण-पन मन मघवन के।"
हो गया जाग, महाभाग शक्र
रण राग करे ऊपर घन के।

धरती से अम्बर खड़ा दिगम्बर
अर गरजे निज गाढव में।
जो शैल शिखर सब गए बिखर
गिर इधर उधर रोदर रव में।
उल्लास करे अर श्वास भरे
अट्टहास करे रण उत्सव में।
धरती पर पग मस्तक पर भग
मग रोक सके कोई है भव में?

वह त्वष्ट अगन अर मातृश्वन
रणभेरी सुनकर तिशिरस की।
रण में दौडे जैसे घोड़े
चौड़े में राड़ अब आपस की।
वह मातृश्वन मघवन से रण
अथ वार करें जस की तस की।
गातुमी लाड़ दिए रंग झाड़-
"जा राड़ नहीं तेरे बस की।"

घन में गर्जन करता मघवन
अर साथ मरुदगण भी विकराल।
यह देख अगन यूँ तपे तपन
अर लगे कहन ना करो बवाल।
छुटे मरुदगण टूटे अगन पर
कुटे धान कोई ऊँखर ड़ाल।
मार धराधर पड़ी अगन पर
लड़े बहुत, जी को जंजाल।

तृत करे वार जो बार-बार
पर मार नहीं पाए तिशिरा।
वह ऊठ खड़ा घनघोर लड़ा
जा भिड़ा, तृता रण है बिसरा।
लड़ता मघवन से मातृश्वन
घायल हो भू पर आन गिरा।
आ रहे त्वष्ट यह देख कष्ट
यूँ कहें- "दुष्ट तू नीच निरा।"

हैं त्वष्ट रुष्ट यूँ कहें- "दुष्ट
ना नष्ट कभी होती व्यसना।
मैं रुका कहीं अर झुका कभी
चाहता था रण से जो बचना।
तुझ सा दम्भी ना हुआ कभी
मैं करूँ नहीं तुझे से यचना।
तू ठहर यहीं मैं करूँ सही
जो छलक रही रण की तृष्णा।"

घन घनन - घनन गरजे भीषण
रण छिड़ा त्वष्ट अर मघवन में।
दिग दसों हिलें जब शक्र चले
पर टले नहीं त्वष्टर रण में।
सन सनन सनन जो उड़े पवन
घन उमड़ घुमड़ बरसें वन में।
पवमान सोम का पान किए
मघवान खड़ा गरजे घन में।

जा रही गातुमी पौर
उसी को करनी है सम्भाल।
जन उत्सव चारों ओर
त्वाष्ट्रि जाएगी ससुराल।
यह गर्जन है घनघोर
अचानक आया है भूचाल।
धड़-धड़ दरका है ठौर
धरा का, बजते हैं घंटाल।

फिर भीषण वर्षा आन
और झंझावत की जो मार।
है तितर बितर जनमान
वात में उड़ते तोरण द्वार।
यह तम का दिखे वितान
रात ज्यों घेर रही संसार।
विद्युत की लप-लप तान
जनों की सुनती चीख पुकार।

"अरी देख सरण्यू रौर
प्रलय का, घटा क्षितिज पर हे।
यह गरजे है घनघोर
खड़ा, क्या सोम चढ़ा सर हे?
गऊधन का सुनता शोर
तिशिर ना लौटा है घर हे।
अर तेरे पिता उस ओर
गए हैं लेकर शस्तर हे।"

" क्या उसको हमसे लेन
पड़ी क्या हमने देना मात?
वह पिए सोम का फेन
भले सारा दिन सारी रात।
क्यों मेरे पिता से ऐन-
तेन, क्या देता हम जो खात?
या कोई और ही बैन
हुए हैं, छुपा रही तू बात?"

"वह दोनों गए उजाड़
सरण्यू तेरे पिता अर भ्रात।
मैं जाती हूँ यह राड़
कहीं ना और बढ़े बिन बात।
तू रहना घर पर लाड़
देख चढ़ती आती है रात।
बस अपने घर की बाड़
छोड़ मत जाना जो आपात।"

"यह बरसे है घनघोर
कहाँ जाती है निर्जन में?
यह तो प्रलय का रौर
अरी माँ, ताण्डव है घन में।
क्या कोई बात है और
जिसे तू छुपा रही मन में?"
"तू रहना अपने पौर
नहीं बस आना तू वन में।"

आई है मात कुछ करे बात-
"हे तात भला क्योंकर रण है?"
वह अड़े-खड़े अर लड़े - पड़े
कुछ सुनें नहीं रण भीषण है।
"हे पर्युः छोड़ तुम जाओ पौर
यह सरणी हित रण का ठन है।
लेकर सरणी त्यागो धरनी,
परणी तुमसे, मेरा प्रण है।"

बैठे दिवगण मन में उलझन
"हे तात वरुण भव में रण है।"
यूँ कहे वरुण- "हे सुनो देवगण
रण उनका अपना प्रण है।
इक लिए बाण इक किए पान
कुछ त्राण नहीं जाए वन है!
हम लड़ें नहीं अर रहें यहीं
वो करें वही उनके मन है।"

जो घिरी घटा सब छिपी छटा
अर अटा पटा थल और जलधिः।
वह खड़ा खड़ा जा अड़ा दिवम्
तड़ तड़ा उठी नभ की परिधिः।
कुछ लगा जोर दिए उठा छोर
दिव और महीम विलग कर दी।
हर-हर थर-थर लरजा अम्बर
भूला त्वष्टर रण और सुधिः।

" हे देख त्वष्ट यह नीड़ नष्ट
जो तन्तु तन्तु कर तान बसाए।
द्यौष पितर भी गए छितर
अर तितर बितर गऊवों के जाए।
देव नरासन छोड़ के आसन
वास न वेदिः कहीं सिधाए।
कित गए अगन कित मातृश्वन
अदितिः सुत लड़न नहीं आए? "

वह बैठी अपने पौर
अकेली देख रही भूचाल।
यह है प्रलय का शोर
जगत पर आया बनकर काल।
यह आता उसके धौर
कोई रण रव से लंगड़ी चाल।
हैं उखड़े - उखड़े छोर
वसन के, दिखता लहूलुहान।

"यह तो निरऋत की रात
मातरिश क्योंकर परलय आन?
क्या दिव का हुआ निपात
कहो ना कैसा रण का मान?"
"यह उसका है उत्पात
यजन करता तेरे गऊठान।
मघवन के संग बारात
मरुत की, भीषण रण महिमान।"

यह सबको है आभास
सरण्यू, यह रौद्र का जाग।
है तेरे पिता का ह्रास
करन को, तुझसे है जो लाग।
यह लगी नहीं अनयास
लगाई विवस्वान ने आग।
मैं करूँ यज्ञ का नाश
और तू चल मेरे संग भाग।"

"यदि रुक जाता विध्वंश
मातरिश तो चलती मैं भाग।
मैं ही निरऋत का अंश
यदि तो मैं ही हूँ निर्भाग।
क्यों भोगे जन का वंश
प्रलय जो मेरा है दुर्भाग?
मैं अमृत की अवतंश
मुझे ही करना होगा त्याग।"

"जल विप्लव का प्रसार
सरण्यू कुछ ना टरने को।
अब पिता रहे हैं हार
वह आते होंगे हरने को।
रोता फिरता संसार
प्रलय के पार न तरने को।"
जन करता हाहाकार
सरण्यू से कुछ करने को।

“जल का विप्लव हे देख
सरण्यू, कित मरजानी है?
हठ करनी तेरे हेत
विवस्वत परलय ठानी है।”
“आओ मातृश निरपेख
नहीं तो भोर न आनी है।
मिट गए मस्तक के लेख
दैव ने की मनमानी है।”

वह जाती है गऊठान
सरण्यू जहाँ पुरोहित नीच।
वह करता है मनमान
वहाँ बैठा छपरी के बीच।
अर कहती है महिमान,
विवस्वत सुने श्वास को खींच।
- “खलु कितना है अभिमान
जगत को रहा प्रलय से सींच !

हे सुनो पाप के सार
दुष्ट यह करी अनीती क्यों?
परलय का भीषण वार
खो गई कहीं अदीती क्यों?
जन जन में हाहाकार
रात यह आज न बीती क्यों?
नहीं कोई पूछनहार
धरा यह धर्म से रीती क्यों?

हो गई त्वष्ट की हार
तेरी जय बरनी जाएगी।
त्वाष्ट्रि ने किया स्वीकार
तेरे संग परणी जाएगी।
अब थाम ले पारावार,
नहीं धँस धरनी जाएगी।
खल पड़े नियति की मार
एक दिन करनी आएगी।"

देकर सरणी संदेश
चली, मातृश के मन में रौर।
सन्न है वेदिः परिवेश
विवस्वत दिया यज्ञ को छोड़।
कुछ श्वास बची हैं शेष
मातरिश पीछे आता और।
- "जाओ हे अमृत वेश,
लौटना कभी नहीं मुँह मोड़।"

मुड़ गया अदिति का लाल
सरण्यू गई पिता के पौर।
वेदि में जल को डाल
विवस्वत चला अरण की ओर।
पर पहुँच सका वाचाल
समय पर नहीं अरण के ठौर।
था रौद्र शक्र के भाल
त्वष्ट भी रहा नहीं रण छोड़।

वह गिरा त्वष्ट सब नष्ट भ्रष्ट
है बृहद दिवा पर बन आई।
-"हे नहीं पूत करतूत नहीं
हैं पिता तेरे मैं हूँ माई।"
छोड़ा त्वष्टर अर गया उधर
जो रण में तिशिरस बलदाई।
"मैं करूँ वार तृत देओ बाण
मैं आर-पार कर दूँ त्राहिः।"

यह देख दिवा कि बुझे दिया
यह सोम पिया सिर पर छाया।
दौड़ी आई करती त्राहिः -
"हे ना नाहीं, कुछ करो दया।
हो गई हार हे पूत रार
ना सार कोई इसका पाया।"
करती झोली वह यूँ बोली-
"दो भीख मुझे मैं हूँ माया।"

पवमान पिया अर बाण लिया
ना मान कोई भय का मन में।
वह दिया तान उड़ गए प्राण
मघवान रूद्र अब था रण में।
सब छाँट छाँट सिर दिए काट
जो तीन घाट तिशिरा तन में।
हो गई रात यह बिना बात
क्या करे मात अब इस वन में।

रण क्षेत्र में विद्यमान
खड़े हैं, लड़ें किसी से क्या?
बस मरुत, तृता, मघवान
नहीं है कोई और वहाँ।
ले गई दिवा महिमान
त्वष्ट को जाने कहीं कहाँ।
तब आया है विद्वान-
"वत्स, यह कुछ भी नहीं रहा।

हो गया तिशिर संहार
अगन भी गए जगत से बीत।
है मुक्त गऊ की लार
तृता, बस इतनी ही है जीत।
ना अमृत का ही सार
मिला अर तिशिर हुआ भवतीत।
अब नहीं शेष कुछ कार
बाण को देकर आओ मीत।"

वह लिए रूद्र का बाण
शक्र अब बैठा पाँव पसार।
"क्या नियति का आहवान
यही था- करते थे साकार?
कुछ हुआ नहीं विद्वान
आपकी रीत नीत निस्सार।
पर मैं बैठा हूँ ठान
करूँगा आज आर-या-पार।

हे चलो तृता बलवान,
मरुदगण- लेकर चलते लार।
हम चलते हैं दिवठान
वहीं चलकर देते ललकार।
जो बैठे हैं दिवमान
उन्हीं से नियति का व्यापार।"
तब कहे विवस विद्वान
"नहीं अब और नहीं बस रार।

हे करो शक्र संतोष
नहीं यूँ बनती कोई बात।
यदि करना रण उदघोष
दिवम् से, करना हो पश्चात।
चाहे मन में है रोष
नियति को घटना ही है तात।
वह प्रजापति की ओस
अगन जो बीत गए हैं, रात।

जब तक ना आविर्भूत
पुनः अग्नि होते हैं तात।
नहीं करना कुछ करतूत
जगत में है प्रलय की रात।
वह जन्मेंगे हविः दूत
पुनः तब ही बन सकती बात।
हो सकती है फलिभूत
नियति बस उसके ही पश्चात।"

यूँ समझाए विद्वान
उन्हें क्योंकर बन सकती बात।
जग दिखता है श्मशान
प्रलय की छाई काली रात।
तब नारद मुनि का आन
विवस से कहा- "बधाई तात।
क्या फलित किया पवमान
आपने, पाई अमृत जात !

जो फलित किया पवमान
पुरोहित, उसका नहीं अतीत।
जो किए सोम का पान
उन्हें ना मीत मिली ना जीत।
ना छुआ कभी विद्वान
सोम को- अर अमृत से प्रीत।
कर लिए सगाई ठान,
आपसे सरणी हो परणीत।"

वह चले गए वितराग
विवस को देख रहा मघवान।
" मैं कर दूँ रण का त्याग
आपको मिला है जो मनमान?
किसकी नियति महाभाग
साधने आए थे गऊठान?"
"होगा नियति का जाग
शक्र, खलु किंचित है व्यवधान।"

अब विवस्वान विद्वान
शक्र का क्रोध रहा है भाँप।
" मैं जाता हूँ गऊठान
शक्र, क्या यहीं रहेंगे आप?"
"जो बचा सोम पवमान
यहीं ला देना तुम चुपचाप।"
यूँ कहे शक्र मघवान
विवस से, मन में है तप-ताप।

वह चला गया गऊशाल
विवस्वत, गातुम बैठी मौन।
"क्या कर बैठा विकराल"-
और वह लगी गातुमी रोन।
अब चखता सोम रसाल
विवस्वत लिया हाथ में द्रोण।
जो जल में बिन्दु डाल
पिया तो मस्तक सन सन होन।

अर घूम रहा मदमस्त
गाँव में- यह त्वष्टर का पौर।
"कर दिया सूर्य को अस्त
और ना भव में कोई भोर।
यह पड़ा अस्त अर व्यस्त
जगत है, विप्लव चारों ओर।
कर दिया भवत को ध्वस्त
बंधेगा अब तो सिर पर मौड़?

जो लगी विवस हिय कील
फूट गया नभ का बासण लो।
अम्बर की छाती छील
पलट दी नियति विनाशन लो।
है लिया जगत को लील
बीत ही गए हुताशन लो।
भवतिः का टूटा शील,
सरण्यू मेरी सुहागन लो।"

अर बैठी अपने पौर,
सरण्यू देख रही अंधकार।
अब भी सुनता है शोर
कहीं मद में करता उदगार।
"अब जाऊंगी किस ठौर
विधिः हे! किया बहुत उपकार।
क्या बचा शेष कुछ और
मात हे! तेरे मन में खार?"

कण्डिका-8

संवर्णा

वह आया है मघवान
विवस से करने कोई बात।
मिल गया कहीं विद्वान
घूमता फिरे गाँव में रात।
मघवन करता आख्यान,
अरण में हुआ जो रण पश्चात।
क्यों कटा शीश, अवसान
अश्व का- प्रजापति जो तात।

"तुम अमर हुए मघवान
तुम्हारी नियतिः पूर्ण तात।
हो गया रुद्र आधान
आप में, प्रजापति: का घात।
पर रखना होगा ध्यान
किसी को पता चले नहीं बात।
मैं भेजूँ मातृश्वान,
अग्नि पुनः भ्रूण रूप में जात।

जो अब तक मेरे माथ
भार वह उतर गया है स्यात्।
अब 'वसु', 'आदित' के साथ
'रुद्र' भी होगें दिव की जात।
नहीं था कुछ मेरे हाथ
शक्र यह नियतिः थी अर्थात्।
जो मिला सोम का क्वाथ
मुझे - मैं निमित मात्र था तात।

अब होगा जो आधान
पुनः यज्ञ-अग्नि का, तो रात।
खलु बीतेगी मघवान
और तब करनी होगी बात।
तुम और मरुत 'दिवमान'
बनो - यह सब अग्नि के हाथ।
अर 'रुद्र' रहे पहचान,
तीसरी बने देव की जात।

पर रखना होगा मान
जनों का, यही धर्म संज्ञात।
वह दे भी दें भगवान
हुताशन भले देव की ख्यात।
ना करें यदि जनमान
तुम्हे आहूत, बने नहीं बात।
जन करते हैं आहवान
तभी हवि मिलती दिव को तात। ”

वह गया शक्र रण रौर
मरुत के पास, अरण के ठान।
अर भृगु आश्रम की ओर
जा रहा विवस्वान विद्वान।
खलु बैठे दिव सिरमौर
वहाँ- जो प्रजापति अवसान।
यूँ कहे विवस कर जोर-
“अगन को ढूँढो मातृश्वान।

वह मृग शृंग में वास
करें अब भ्रूण रूप भगवान।"
तब कहें वरुण ऋतप्रास -
"विवस क्या ज्ञात तुम्हे विद्वान?
खलु प्रजापति जो श्वास
ले रहे, शीश नहीं विद्यमान?"
"हे नहीं देव विश्वास
करो, कुछ नहीं मुझे है ज्ञान।"

जो कहा विवस विज्ञात
मातरिश जाता बन कर दूत।
ले भृगु ऋषि को साथ
चला करने अग्नि: आहूत।
भृगुवर से करता बात
मातृश - "क्योंकर बालक भूत?
वह मृग शृंग में तात
मिलेंगे, किसकी यह करतूत?"

अर कहते बात संभाल
भृगुवर - "जाने दे अब छोड़।
वह गातुम का जो लाल
मातरिश, कौन करेगा और?
खलु विवस्वान विकराल
दिया नियतिः का मस्तक फोड़।
जल भी लगता है व्याल
अँधेरा - अग्नि बिन ना तोड़।"

मातृश, भृगुवर आघात
देखते- बैठे अरण्य छोर।
"यह क्योंकर यूँ बिन बात
हो गई निर्ऋति इतनी घोर?"
"आती होगी बारात
पिशाचिन लेती दिखे हिलोर।
इस ही तो काली रात
सुहागिन, हो बैठेगी भोर।"

"यह कौन पिशाचिन आज
सुहागिन हो गई रे चितचोर?
जो निररित का था याज
हुआ, क्या चल देती मैं छोड़?
क्या मेरे पिता का राज
कहीं जो देती नियति मोड़?"
यह किसकी है आवाज
सुनी जो - अपने मन का शोर।

"तुम बैठो भृगुवर नाथ
यहीं, मैं जाऊँ खोजूँ और।
वह मिल जाएँ तो साथ
ले आऊँ, हो जाएगी भोर।"
"नहीं होती नियति अनाथ
मातृश भले मचा मन शोर।
है सबके सिर पर हाथ
विधिः का, मिल जाता है ठौर।"

"अब समय नहीं है दूर
सरण्यू, आएगी बारात।
वह अपने मद में चूर
घूमता फिरता सारी रात।
जो इतना किया गरूर
टूट ही गया - एक आघात।
खा मरती कहीं धतूर,
अमर ना होता जो यह गात।

अमृत होकर भी प्यार
किया बस इतना मेरा खोट।
हो गया नियति को खार
गरल से भर दी मेरी पोट।
कर दिया प्यार निस्सार,
लिया अपने हाथों गल घोंट।
वह भोगेगा यह छार
कभी ना आएगा अब लौट।

चल चलती हूँ कहीं और
देश, जो करूँ भाग का घात।
यह मिट जाए हिय रौर
कहीं तो सो जाऊँ इस रात।
क्यों रोये है चितचोर
नहीं मैं वह सरणी जो बात।
करती थी हिय निचोड़,
टूट वह बिखर गई है स्यात्।

मैं सोच रही थी और
हुआ कुछ और मेरा यह पाप।
निर्ऋत के हाथों डोर
मेरी, मैं देती किसको श्राप?
जो बनकर रहती गौर
कहीं, मैं रह जाती चुपचाप।
ना होती इतनी घोर
नियति, यह टलती अपने आप।

ना पितुः मात का ठौर
कहीं जो रो लेती हिय लाग।
यह रिक्त पड़ा है पौर
आज तेरे कारण निर्भाग।
ले गई नियति किस ओर
विधिः ने दे दिया क्यों बैराग?"
देहर का पकड़े छोर
खड़ी है, अब जाए किस माग।

तू छोड़ चली घर द्वार
सरण्यू, गहरी रात अँधेर।
चुप है सारा संसार
सो गई है भवतिः मुँह फेर।
मन टूट गया तू हार
गई, क्यों निररित ने ली घेर?
क्या मुड़ मुड़ देखे जार
तेरे मन किस तेरे की मेर?

यूँ धीमी - धीमी चाल
आ गई, निर्जन में खोई।
वह रोती है शृगाल
कहीं पर, होगा दु: ख कोई।
बैठी पोखर के पाल
अकेली, भवतिः है सोई।
जलते हैं मन के छाल
सरण्यू सिसक सिसक रोई।

"यह तेरा था अभिमान
मानिनी, तेरी थी यह लाग।
तू करे जगत का त्राण
लिखा था किसने ऐसा भाग?
तू क्यों मस्तक पर ठान
गिरी यूँ कृत्या सम निर्भाग?
अब कौन करेगा मान
प्रीत पर, कौन करे अनुराग!

कर दिया पार जो बाण
हृदय के जलते होगें दाग।
करता होगा विषपान
कहीं बैठा निररित के माग।
क्या सोचा था अनजान
एक दिन ऐसा होगा भाग?
वह निकलेगी पाषाण
तेरा मन जिससे करता राग।

क्योंकर देगी तन छोड़
अभागी, अमृत का तू भाग?
नहीं इसका कोई तोड़
नियति का होता है क्या त्याग?
ना इससे कोई लौड़
विधि: को, किससे तेरा राग।
अपने से आप बिछोड़,
नहीं, यह मिले नही बैराग।

अब होगी ना फिर भोर
कभी, ना कभी भाग का जाग।"
वह पुनः पकड़ कर छोर
चली है, दिखता ना कुछ माग।
हंसो का सुनता शोर
वहाँ जो बैठी रही तड़ाग।
होती है बड़ी कठोर
नियति खग जिसके मन में राग।

क्या निर्जन क्या विश गाँव
अरे क्या करे धूप या छाँव।
यूँ ही चलते हैं पाँव
कहीं जब रिसते मन के घाव।
कितना करती थी चाव
तेरे मन कैसे-कैसे भाव।
जो निररित ने इक दाँव
चला, तू भूल गई स्वभाव।

अब बीतेगी यह रात
नहीं, क्यों फिरती निर्जन में?
मुहँ फेरे बनती बात
कहीं तो दुख क्या जीवन में?
क्यों मन पर लेकर घात
घूमती मुर्छित सी वन में?
यह कौन कर्म का पात
तीर सा बैठ गया मन में?

वह बैठा है अब ध्यान
रुद्र के, भय से भाव रिता।
"मैं लेकर आया बाण
गऊ अब कर दी मुक्त पिता।"
"यह तीर्थ है श्मशान
तुम्हारी जलती यहीं चिता।
पर भूल मेरी बलवान
चलो अब जाओ लौट तृता।"

तृत लौट वहीं पर आन
पड़ा है कहीं विवर के झेर।
जो धार रहा है प्राण
बचे हैं वही, हेर ना फेर।
हैं कहाँ विवस, मघवान
नहीं कुछ उसके मन में मेर।
वह काँप गया बलवान
पिता ने देखा आँख तरेर।

"चल चलती हूँ मैं पौर
पिता के" - गातुम सोचे आप।
"वह करती हो मति भौर
अकेली बैठी वहाँ विलाप।
यह घिरी रात घनघोर
गातुमी तेरे ही सिर पाप।
क्या किसको कह दूँ और
जगत को मैं ही तो हूँ श्राप।

जन उत्सव नही विहाग
हो गई है अवनि: जर क्यों?
ले लिया पिता वैराग
कहीं नहीं दिखते त्वष्टर क्यों?
हे देख दिवा तू जाग
सो गया है चरवाचर क्यों?
कित खो गई हे निर्भाग
सरण्यू, कोई नहीं घर क्यों?

मैं बैठी तेरे पौर
दिवा, लूटा तेरा संसार।
जो दिया मुझे था ठौर
बापुरी दे बैठी घर बार।
था आँचल तेरा और
पिता के हाथों की पुचकार।
मैं ऐसी हूँ कृतघोर
तुम्हीं को दे बैठी विष छार।

अब कौन किसी को लाड़
करे, दे कौन किसी को ठौर?
है दिया कलेजा फाड़
तेरा अर बैठी घर में चोर।
तू रोती अरण्य झाड़
कहीं, मैं सोती तेरे पौर।
आ खोले तेरे किवाड़
नहीं कुछ बस निररित का शोर।

यह पौर पड़ा श्मशान
नहीं है हसनी में भी आग।
आसन तो है महिमान
नहीं पर दिखे पिता महाभाग।
अर यह आँगन का ठान
तेरा प्रलय से हुआ तड़ाग।
क्यों ना पीढ़ा ले आन
बैठती, रूठ गया क्यों भाग?

हे लटके तोरण द्वार
तेरे, क्यों आई ना बारात?
क्या प्रलय से था प्यार
तेरा, तू गई उसी के साथ?
कर बैठी थी शृंगार
पौर में, हुई सुहागन रात?
यह पीहर का संसार
तेरा हे देख लुटा बिन बात।

केवल अश्रु की धार
अभागी कैसा तेरा लेख?
यह जीवन है निस्सार
सरण्यू, लुटता इसको देख।
क्यों तेरे सिर पर भार
तेरे क्या मस्तक में थी रेख?
यूँ भी डसता संसार
किसी को, ऐसी तू ही एक।

तू किसका है मन मोद
बनी अर किसके मन का घाव !
हे नियतिः ने दी खोद
तेरे मस्तक की रेखा पाँव।
क्या करना है अब क्रोध
विधि: पर, सबके सिर की छाँव।
तू रहे दिवा की गोद
चली जाऊँगी अपने गाँव।"

यह अरण्य का है ठान
प्रलय की रात रही वन में।
वह बैठा है चट्टान
रात का नीरव निर्जन में।
मरुतों के संग मघवान
सोचता बैठा कुछ मन में।
मिल गया अमिय का दान
नियति साकार हुई रण में।

यह सुनता है चितकार
कहीं रो रही गातुमी मात।
"मैं जाता हूँ इक बार
मरुत तुम रहो यहीं पर तात।
चुप हैं दिव के धर्तार
मुझे ही हरना हो आपात।
वह रोए है मन हार
करूँ मैं जाकर उससे बात।"

त्वष्टर के बैठी पौर
गातुमी रोती दे दे कीक।
"चुप हो जा मत रो और
करूँगा भव को मैं निर्भीक।"
"क्या कर बैठा रण रौर
देख मिट गई जगत की लीक।
भवतिः का मस्तक फोड़
दिया अब क्या कर लेगा ठीक?"

"यह मेरा है उत्पात
और मैं हरूँ जगत की भीत।"
"तू मेरा होकर जात
करी है ऐसी घोर अनीत।
क्यों निरे पिशाच की भाँत
तुझे ना रीत हुई प्रतीत?
नहीं करना मुझसे बात
तेरी जो मात गई वह बीत।"

वह गया शक्र गऊठान
पड़ा है मद में विवस अचेत।
वह लिया सोम पवमान
चला अब जाने किसके हेत।
उठ बैठ गया विद्वान
शक्र ले गया पुरुष का रेत।
क्या फिर से रण का ठान
चला है पीछे-पीछे प्रेत।

मुनिवर नारद विद्वान
जा रहे, भव दिखता श्मशान।
चल दिया साथ मघवान
खोजने - कहाँ दिवा, महामान।
मिल गए गुहा के ठान
रो रही वहाँ दिवा महिमान।
जो दिया सोम पवमान
त्वष्ट के पुनः जगे हैं प्राण।

लेकर आए गऊठान
त्वष्ट को, दिवा गई है पौर।
कुछ बोल रहा मघवान
त्वष्ट से, वह भी सुनते और।
" हो गया पिता घमाशान
स्यात् यह नियति ही थी घोर। "
कुछ कहे नहीं महामान
स्यात् सब दिया विधिः पर छोड़।

अर कहे विवस विद्वान
त्वष्ट से - " करो पिता कुछ बात।
यह मेरा था आहवान
उसी से हुआ घोर आपात।
मैं करूँ तात भुगतान
जगत में पुनः उगेगी प्रात।
वह गया है मातृश्वान
अगन बस आते होंगे तात।

मैं पुनः करूँ आधान
यज्ञ का, धोऊँ अपने पाप।
यदि जागेंगे नहीं प्राण
तिशिर के, देना मुझको श्राप।
वह यज्ञ रूप गऊठान
आपके नित्य बसे चुपचाप।
हैं आप पिता, महिमान
मात - बस क्षमा करो हे आप।"

अब आए हैं दिवमान
ठान में, हुआ उन्हें यह ज्ञात।
आ गए त्वष्ट महामान
उन्ही से आए करने बात।
"वह चली गई महिमान
सरण्यू, चलो ढूँढने तात।"
यूँ नारद मुनि विद्वान
कहें, चल पड़े देवता साथ।

"क्यों फिरती है मनमार
अरी इस बियाबान में तू?
क्या तीर हृदय के पार
ठगी सी खड़ी ध्यान में तू?"
सुन चौंक गई उद्गार
कहीं से पड़ी कान में यूँ।
"यह अमृत बनकर छार
फैलता मेरे प्राण में क्यूँ?"

वह देख रही चहुँ ओर
सारणी जागी जागी सी।
कुछ दिखे दूर ना धौर
रात है शुष्क तड़ागी सी।
पकड़े चूनर का छोर
खोंसती, आशा त्यागी सी।
"यूँ ही सुनती है शोर,
कोई ना और अभागी सी।"

"सुन कर देगें यज्ञ याग
तेरा कि होगा अमृत त्याग।
हम करें अदीती जाग
अरी क्यों रोए है निर्भाग।
पर मर्तमाण का भाग
बनेगी, नहीं पिशाचिन घाघ।"
यूँ सुनी पुनः वह वाग
दिखे खग करते हुए विहाग।

"हे करो आप उपकार
दीन पर अमृत का यह भार।
मैं फिरती हूँ सिर मार
विजन में तात गई हूँ हार।
मन तार-तार यह छार
किया, मैं कब पाऊँ छुटकार?
बस करो तात उद्धार
मेरा, मैं शत शत दू आभार।"

खग करते अपना काम
अदिति का प्रागट, करती वाग।
"यह गल जाए तन चाम
तेरा अर अमृत का हो त्याग।
जल बन कर बहता साम
देख लो तेरा अमृत भाग।
यह मृण का तन अभिराम
तेरी प्रतिछाया है महाभाग।

कल-कल छल-छल बन ताल
बह गई त्वष्ट नन्दिनी तू।
पर अमृत का कंकाल
त्याग कर नहीं स्वच्छन्दनी तू।
यह जीवन है जंजाल
सरण्यू, रहे बन्दिनी तू।
खलु नहीं नियति की टाल
विवस की रहे संगिनी तू।"

हो गया अमिय का त्याग
अदिति ने दिया उसे आशीष।
अर चली गई महाभाग
अदीती, उड़े विहग दस-बीस।
जग मात अरण के माग
ढूँढती प्रजापति का शीश।
अब भी सरणी मन राग
रहा अर मिटी नहीं कुछ टीश।

"अमृत रजमयी शरीर
गढ़े जो पिता त्वष्ट मेरे।
वह बन कर बह गया नीर
देख लो, ये धीरे-धीरे।
पर मिटती मन की पीर
नहीं, बस नियति के फेरे।
कहीं फेर मिलेंगे तीर
स्यात् यह किसी घाट घेरे।

यदि ऐसा मेरा भाग
नहीं, मैं बनूँ सुहागन तो।
कर दूँगी तन का त्याग
रहूँ मैं कहीं पिशाचन ज्यों।
नहीं मिटता मन का राग
यूँ ही जो बसा रहा मन हो।
क्योंकर जोड़ूँगी लाग
उसी से - दाग है जीवन को?"

यह खड़ा रहा समवेत
अमिय के जल का पारावार।
उड़ गए विहग, किस हेत
किया था सरणी का उद्धार।
वह फिर निर्जन की रेत
छानती फिरती है उस पार।
अर ढूँढ रही संकेत
कहीं मिल जाए विष का झाड़।

वह रहा मातृश डोल
विजन में देव हुताशन हेत।
बस है प्रलय का लोल
चहुँ दिश और अरण की रेत।
"मैं घूम थका भूगोल
देव हे मिला नहीं संकेत।
कित गए तात अनबोल
जले ना हसनी, ना हवि लेत।

ना दिखे नरासन देव
आप क्यों छोड़ गए भव को?
अब कौन रीत की सेव
करेगा, कौन दहन शव को?
बैठी है वैधव एव
त्याग कर सरणी वैभव को।
देखे है बाट हिए लेव
घाव जो दिए नियति सब को।

यह बीतन को है मास
हुताशन तिमिर तड़ागो में।
अब छूटन को है आश
देव मैं भी निर्भागों में।
मैं जाऊँ किसके पास
हंसिनी फँसी है कागो में?
ना कोई व्यास समास
कि उलझन मन के धागों में।"

एक दिखता शृंग समान
मातृश करते हैं आहवान।
हैं भ्रूण रूप भगवान
मातृश के प्राणों में प्राण।
लेकर अदिति का मान
चला है - बालक हैं भगवान।
चल दिया अरण के ठान
जहाँ बैठे भृगुवर विद्वान।

"हे मुझे दिया है मान
देवता तुमको पाऊँ मैं।
बैठे हैं भृगुवर आन
विपन में, उन्हें थमाऊँ मैं।
जीवन में दुख अर त्राण
एक संग, क्या बतलाऊँ मैं।
करना सब का कल्याण
देव, अब घर ना जाऊँ मैं।"

लेकर अरणी में आग
चला है ऋषि भृगु के पास।
सब दिया मातरिस त्याग
सरण्यू से मिलने की आश।
स्वीकार कर लिया भाग
नियति ने कर दिया खलु निराश।
बस यूँ ही करता वाग
स्वयं से, कभी रुदन कभी हास।

वह रहा मातृश आन
भृगु की मिली आश को श्वास।
"यह मिले कहाँ भगवान
मृग के शृंग में था क्या वास?"
कर दिया भृगु को दान
और फिर अपना ले निर्वास।
चल दिया मातृश्वान
भृगु को होता ना विश्वास।

वह चला गया निष्पाप
खो गया कहीं प्रलय के गाल।
लेकर अग्नि को आप
भृगुवर आए हैं गऊशाल।
बैठे त्वष्टर चुपचाप
विधि ने चली तिर्यक चाल।
अर करता पुनः स्थाप
यज्ञ का विवस्वान संभाल।

हो गया पुनर आधान
अग्नि का, यज्ञ का हुआ स्ठान।
हैं दिवा त्वष्ट यजमान
स्थापित अगन होत्र गऊठान।
भू और दिवम् का याण
मापना नित अग्नि भगवान।
धरती पर होगा धान
रात में, दिवम् गए दिन आन।

कलविंग, कपिंजल, श्येन,
तित्तरि आए हैं गऊठान।
बैठे करते हैं बैन
तरु पर- सुनें दिवा, महामान।
"वट पर पक्षी की सेन
दिवा, जो उड़े तिशिर के प्राण।
हे बीत रहीं है रैन
सुभागी, देख प्रात का आन।"

वह पुनः सदस में आन
रहे यज्ञ-रूप पुत्र को देख।
विह्वल से दिवा महामान
खड़े हैं, अश्रु की है मेख।
यह सुख का है आहवान
हुआ, अर कुछ दुख की भी रेख।
वह आती हैं महिमान
गऊ फिर तेरे घर निरपेख।

“हो रही जगत में प्रात
दिवा यह, गया प्रलय का प्रेत।
ढ़ल गई भुवन की रात
जगत में जीवन का संकेत।
आती दिखती गऊजात
तेरी गऊशाला में समवेत।
वह आती होगी स्यात्
लाड़ली, गए देव इस हेत।”

वह गई आपने पौर
दिवा, त्वष्टर बैठे गऊठान।
गऊधन का सुनता शोर
लौट आ रही वहीं महिमान।
मन में पीड़ा का रौर
सोचते बैठे हैं महामान।
“क्यों हुई नियति यह घोर
यही जब होना था भगवान?”

वह लिए हाथ में बाण
चले आते हैं प्रलयंकर।
क्योंकर आए भगवान
ऊठ कर पूछ रहे त्वष्टर।
“है खेद मुझे महामान
हुई अनहोनी तेरे घर।
ना होता यह घमाशान
नहीं जो देता अपना सर।”

"जो होनहार भगवान
वही बस होता है भव में।
अब करें आप आधान
मुझे क्या करना गौ-रव में?"
" यह लौटी हैं महिमान
स्वयं ही अपने वैभव में।
तुम जग को पिता समान,
पालते सब को शैशव में।

अब अगन होत्र का याग
करो अर गौ पय उसका भोग।
दिन और रात प्रयाग
उसी से, नित करना उद्योग।
यह भव है मेरा भाग
त्वष्ट - है रौद्र सर्ग का योग।
मुझे करना हो महाभाग
ध्यान में, भव का सर्ग-नियोग।

जो गए तिशिर के प्राण
पुनः लौटे हैं जो इस प्रात।
अर आएगी महिमान
सरण्यू, बीत गई है रात।
तुम सबका हो कल्याण
हो गई निर्क्रति यह बिन बात।
मैं बैठा हूँ श्मशान
वहाँ, तुम सबको स्वस्ति तात। "

अर लौट रहे जगदीश
शीश पर रही जटाएँ झूल।
पर झुका हुआ है शीश
भौल में हुई नाथ से भूल।
गऊ घेरे हैं दस बीस
त्वष्ट का चाट रही हैं चूल।
" दो मातमही आशीष
मुझे - अब होना ना प्रतिकूल।"

यह गऊशाला का छोर
दूसरा, गातुम करे निवास।
जो गए त्वष्ट उस ओर
गातुमी खड़ी विवस के पास।
अब जाए अपने ठौर
बांधली सब वस्तु इक रास।
अर खड़ा वहीं पर घोर
पुरोहित, थामे अपनी श्वास।

" क्यों घर को रही समेट
गातुमी" - कहें त्वष्ट महामान।
" नहीं करने आई भेंट
पिता से, रखा नहीं कुछ मान।"
वह मुख पर रही लपेट
चुनर को, कहती क्या महिमान।
" ना भरे पाप का पेट
पिता, अब कितना दोगे दान?"

" हे सुनो गातुमी बात
मेरी, नही तुमसे कुछ दुर्भाव।
मैं करूँ दान पश्चात
चली जाना तुम अपने गाँव।
वह खोज रहे दिवजात
सरण्यू आए उलटे पाँव।
तुम बनकर रहना मात
रहेगी उसके सिर पर छाँव। "

" क्यों करते हैं अनरीत
पिता, खो चुके लाड़ला पूत?
क्या रही कनिः पर बीत
घूमती फिरती बनकर भूत?
क्यों कर देंगे परणीत
उसी से, जिसकी यह करतूत?
दुर्भाग हुआ व्यतीत
पिता, ना और करो फलिभूत। "

" मैं अगन होत्र कर्तार
गातुमी, नहीं वचन से वाम।
बस इतना समझो लाड़
रहोगी अब तुम मेरे धाम।
तुझे करना हो स्वीकार
समझ कर तेरे पिता का काम।
मैं देऊँ कनि उपहार
तुम्हें, तब जाना अपने गाम। "

" मैं आई थी उस रात
पिता लेकर कितना दुख साथ।
छुप रहने को यह छात
मिली अर सिर पर माँ का हाथ।
पर मैं इतनी कृतघात
लिखा दुर्भाग आपके माथ।
फिर भी करती हूँ बात
आपसे, ठहरी तात अनाथ। "

यूँ कहें त्वष्ट वितराग -
" गातुमी चलता है संसार।
यह केवल तेरा भाग
नहीं, हम सबका इसमें सार।
यह हो बैठा खटराग
जगत में, तेरे सिर ना भार।
जब खाली पड़ा तड़ाग
सूखता, करे मीन क्या कार?"

वह लौट गए महामान
गातुमी टप-टप अश्रु धार।
अब रहना है इस ठान
पिता का यही रहा अधिकार।
चल दिया विवस विद्वान
सफल है नियति से व्यापार।
जो किया रौद्र आहवान
किसी की जीत किसी की हार।

वह करती वहाँ विलाप
दिवा बैठी है अपने पौर।
आती देखी निष्पाप
कनिः अर साथ दिवम् सिरमौर।
सब भूल गई संताप
लई आलिंगन भाव विभोर।
" क्यों अपने सिर पर श्राप
अरी तू ले बैठी मतिभौर?

तू चली गई घर छोड़
लाड़ली निर्जन नागर क्यों?
यह नियति ने दी फोड़
मेरे ही घर की गागर क्यों?
वह सिर पर बाँधे मौड़
घूमता, रात उजागर यों।
क्या लिखा विधि ने जोड़
सिन्धनी वरेगी ढ़ाबर क्यों?

हो गई जगत में भोर
लाड़ली, रात हुई व्यतीत।
वह आई अपनी गौर
हमारा गऊठान भवतीत।
अब अगन होत्र का ठौर
बना है, वहीं करेंगे रीत।
अर तिशिरस मतिभौर
यज्ञ के रूप हुआ प्रतीत।"

देहर पर पैर रखी तनया
इतने में त्वष्टर आया है।
झंझावत से क्षत विक्षत गात
बूढ़ी जीर्ण सी काया है।
हिय में हल-हल आँसू छल-छल
रोई पितु देख के माया है।
" तू क्यों पापी का वरण करी
क्यों हुई अधम की जाया है?"

फिर स्वयं सोचे आँसू पौछे
तनया को गोद लिए बैठा।
"था रचा राष्ट्र का रूप कभी
पर तेरा भाग दिए बैठा।
खलु गया पूत तनया बिखरी
पर मैं निर्भाग जिए बैठा।
हे कभी धर्म होगा भव में
तब तक मैं लहू पिए बैठा।

थी विधिः वाम सो चली नहीं
पर करो नहीं संताप कनी।
यह नियतिः थी सो टली नहीं
अर उससे अपने आप ठनी। "
"जो हो गई सो तो भली नहीं
यह किसी कर्म की श्राप जनी।
मैं और किसी ने छली नहीं
होगी करनी कोई पाप सनी। "

कण्डिका-9

गृहस्थ

जब गई घटा तो घाम
जगत में, यथा बताऊँ मैं।
नियति को नहीं विश्राम
सुनो जो व्यथा सुनाऊँ मैं।
कलिका से बोला काम -
"सखी हे, ब्याह रचाऊँ मैं।"
वह कहती भी क्या साम -
"वचन की आन निभाऊँ मैं।"

अब सज गए तोरण द्वार
आ गया विवस, बराती हे।
बैठी है किए शृंगार
सखी संग कनि अभिजाती हे।
"क्या करें तेरी मनुहार,
देखकर फटती छाती हे।
सब दैव किया निस्सार
वधूटी यूँ कोई जाती हे?

अमृत का है वरदान
दिव्यता लेकर आई तू।
सब उलटे पड़े विधान
भाग में तामस छाई क्यूँ?
अब त्याग दिया क्यूँ मान
चली है जोड़ सगाई क्यूँ?
जन का हित जो लिया ठान
गऊ सी गई सताई तू।"

आ गया विवस्वत पौर,
वहाँ बैठा मण्डप की छाँव।
वह सिर पर बाँधे मौड़,
दिवा अर त्वष्ट धो रहे पाँव।
खलु किससे कह दें और
विधि ने दिया है मन पर घाव।
अर रही गौष्ठ के ठौर
गातुमी, जाएगी अब गाँव।

" मण्डप में पर्यु आया री
सखियो वर वन्दन गाओ ना।
बीते न लग्न की एक घड़ी
वेदी पर कनिया लाओ ना।
सरणी तू मन की हरणी है
मण्डप में त्वरित आओ ना।
क्या आया है भाग किसी के,
भूल के भाँवर पाओ ना। "

वह करें अगन जो रीत लगन
मण्डप में भाँवर पड़ती हैं।
बैठे त्वष्टर अर दिवा उधर
जन नारी मंगल करती हैं।
यूँ संस्कार, भर्तार वधू
सरणी गन्धर को वरती है।
ऋत हुई साम, प्रणाम करें
अम्बर ने परणी धरती है।

“ मैं त्वष्टर हतमान, कनी का दान
किया विद्वान तुम्हें।
यह मेरा है अभिमान, मेरी पहचान
रहेगा ध्यान तुम्हें?
नित करना है कल्याण, सनातन धान
अहे महिमान तुम्हें।
ना तजो धर्म का याण कभी, ना मान
यही वरदान तुम्हें। ”

रोये है दिवा कुछ भी न कहा
आशीष दिया चुप खड़ी रही।
क्या कहे और हिय कौर चली
मतिभौर नियति से लड़ी रही।
अब रिक्त पौर ना कभी भोर
बस अंधकार की झड़ी रही।
बचपन बीता यौवन रीता
जीता जो उसकी घड़ी रही।

“ जो खड़ी पौर पर रही गौर
क्या देऊँ और यह भाग तेरे।
यह सकटक में हैं गृहस्थ घटक
कुछ ओदन है कुछ साग हरे।
तुम खुश रहना यदि कुछ कहना
तो गातुम के हिय लाग अरे।
सब हो स्वस्ति, सुख की बसती
ना कंटक कोई माग तेरे। ”

चल दी तनया क्या शेष रहा
हे देख दिवा लिखतर खोटे।
अब जाएगी कब आएगी
यह माग तेरे अब ना लौटे।
पीहर का घर ना हो ऊषर
आशीष तेरे ना हों छोटे।
अक्षत लेकर फेंके ऊपर
झोली कर के त्वष्टर ओटे।

हो गई रीत परणीत हुई
आशीष दिए भर-भर अथ जो।
गोदी लेकर नारद मुनिवर
चल दिए उधर सकटक पथ जो।
आगे है वर पीछे त्वष्टर
जन गण भी संग में समरथ जो।
है यही रीत गा रही गीत
सखियाँ मिलकर हैं सतगथ जो।

" साजन के मन पर राज करो
ससुराल में सब सुख पाओ री।
पीहर का घर यह गाँव डगर
सब भूल पतिघर जाओ री।
वैराग कनी का भाग बनी
अब लाग पियु संग लाओ री।
तुम पूत फलो अर दूध नहाओ
सुख संसार बसाओ री।"

आरूढ हुई कुछ कही नहीं
वह बैठ गई पितु खड़े रहे।
"क्यो रोती है मन खोती है"
-धोती से आँसू पौंछ दिए।
कुछ अधरो पर भी है थर-थर
कुछ ना कहकर कुछ रहे कहे।
इतनी उलझन है मन ही मन
वह खड़े रहे बस रहे सहे।

चल दिया सकट घट-कट-घटकट
अर दिवा त्वष्ट पीछे पीछे।
जन चले साथ चुपचाप हाथ
रख सकटक पर ऋत को सींचे।
बेटी का धन होता अर्पण
कोई क्या वर्णन इसका खींचे।
रोता अम्बर होगा ऊपर
रोती धरनी होगी नीचे।

आ पहुँच गए गऊठान
गातुमी खड़ी वहाँ चुपचाप।
" यह बेटी है महिमान
गातुमी, मैं बेटी का बाप।
तू रखना इसका ध्यान
देख यह बालक है निष्पाप।
कुछ भूल करे अनजान
ठीक कर लेना अपने आप।"

वह उतरी है गऊठान
सरण्यू, लेन विदाई जात।
प्रणाम करे महिमान
यज्ञ का रूप रहा जो भ्रात।
पंखी उड़-उड़ कर आन
सदस के बैठ गए हैं छात।
सबकी सबसे पहचान
बिना कुछ कहे हो गई बात।

चल दिया सकट गऊठान
छोड़, आगे चलता विज्ञात।
जो किए पिता ने दान
वृषभ, जो दान करी गऊमात।
था मुक्ति का अभियान
चलाया, किया बहुत उत्पात।
अब जाता अपने याण
सकट अर गऊजात ले साथ।

आगे चलता विद्वान
और पीछे सकटक गऊमात।
नहीं आया है मघवान
दिवम् की मिली उसे जो ख्यात।
खलु किया रुद्र आहवान
उसी का परितोषक है स्यात्।
जो मिला अपूर्व दान
- सकट में बैठी अमृत जात।

मन में है हर्ष विशेष
पा गया अमर अछूती को।
नहीं जान रहा मतिशेष
पलट दी नियती झूठी जो।
ना अमृत का लवलेष
बनी है मरण की बूटी वो।
ले समवर्णा का वेश
चली है, साथ वधूटी जो।

चल पड़ी गातुमी ठौर
आपने, लिया त्वष्ट से दान।
अब छूट रहा है पौर
पिता का, छूट गया गऊठान।
वह खड़े त्वष्ट हैं और
दिवा भी देख रही महिमान।
खलु होगा मन में रौर
वहाँ बस मौन खड़े हतमान।

तू लिए वधू का वेश चली
पीहर ना सरण्यू अब दीखे।
तू क्यों रोए है कर्म जली
छूटा है अपना सब पीछे।
रोता ही होगा कहीं अली
जो घाव दिए तूने तीखे।
अपने आँसू हे आप गली
जो सुनी नहीं चुप सी चीखें।

"तू तो मग के ही माँझ
सो गई रूठ वधूटी क्यों?
अँखियों में अंजन आंज
रो रही, किससे रूठी क्यों?
क्योंकर सपनों की साँझ
हो गई, किसने लूटी क्यों?
यह नियति: होती बाँझ
सरण्यू, सदा नपूती क्यों?"

सुनकर गातुम का भाव
सरण्यू कहे- "री महतारी।
जीवन के धूप अर छाँव
जानती, तू भी दुखयारी।
तू छोड़ के अपना गाँव
कभी आई थी गऊबाड़ी।
मैं चली हूँ उलटे पाँव
तेरे संग, अब मेरी बारी।"

"ये सब विधना के लेख
लाड़ली, चलता यूँ संसार।
मेरी भी नियति देख
सरण्यू, ढोऊँ मन पर भार।
जिस भ्रात ने केवल एक
सुना था मेरे दुःख का सार।
वह तेरा दुःख अतिरेक
हो गया, रोऊँ क्या सिरमार?

नहीं करना था स्वीकार
तुझे यह नियति का अतिचार।
नहीं तेरे सिर यह भार
बने तू जन की पीड़न हार।
तू ने किया जगत उद्धार
लाड़ली, फिर बैठी मन मार?
हे अपना कुल दिया तार
सरण्यू, मेरा कुल भी तार।"

आ गया सिन्धु का घाट
इन्हें अब जाना है उस पार।
यह कब से बहे विराट
यूँही सिन्धु के जल की धार।
पीहर पतिघर दो पाट
सरण्यू बटाँ तेरा संसार।
अब जैसे भी ले काट
यही है जीवन का खलु सार।

कब छूट गया घर द्वार
पिता का, यूँ ही करते बात।
ढ़ल गए दिवाकर थार
साँझ से ढ़लती आती रात।
"अम्बर में उतरे तार
देखती होगी दिवली मात।
यह पीहर का उपहार
गऊ बस चलती आती साथ।"

सो गई गातुमी शीत
रात, तू सो नहीं पाती है।
घड़कच - घड़कच का गीत
तेरी यह सकटक गाती है।
यह रही विथि है बीत
रात भी बीती जाती है।
"कैसी जीवन की रीत
प्रीत की कुछ ना ख्याति है।"

रुकते चलते दिन रात
सरण्यू बदल रहा परिवेश।
यह गातुम अर गऊमात
साथ हैं, गया पिता का देश।
"क्या करती होगी बात
पिता से, क्या होगा मन शेष?
क्या कहते होंगे तात
उन्हे - फिर कोई धर्म उपदेश?"

रुक गया सकट जननार
वहाँ आई गातुम के पास।
सब करें प्रेम उदगार
गातुमी के मन में उल्लास।
अर करते जन सत्कार
विवस्वत करे हास परिहास।
अब खोले घर के द्वार
गातुमी, वर्षों तक निर्वास।

"हे देख तेरी ससुराल
आ गई, करती हूँ मनुहार।
चूनर को तेक संभाल
मैं आऊँ लेकर आरति थाल।"
हैं बीत गए कई साल
न आई घर को रही बुहार।
द्रोणी में अक्षत डाल
महावर रख दी घर के द्वार।

"आओ री सुख की सार
सुभागी, लाओ शुचि सौभाग।"
सकटक से रही उतार
सरण्यू सकुची सकुची जाग।
अक्षत करती प्रसार
महावर में भीगे हैं पाग।
आ गई पति घर द्वार
छोड़ दे अब पीहर की लाग।

आँगन में पीढ़ा डाल
गातुमी करती है सतकार।
" यह तेरा घर, गऊशाल
तुम्हारी, तेरे हैं गऊचार।
तू ले गऊवों को पाल
लाड़ली, नई रीत इस थार।
सब करना तुझे संभाल
सरण्यू, तेरा घर संसार।"

हो गई रात यूँ बात बात
अब जीवन में सौभाग तेरे।
घर-घाट यहीं, सुख छाँट यहीं
हैं लिए तूने इससे फेरे।
सब राग छोड़, नई लाग जोड़
मतिभौर रीत तुझको प्रेरे।
यह जो आया, उसकी जाया-
" हे महामाया क्या भाग मेरे!

किसमें इतना अभिमान
देवजा, किसमें इतना तेज?
लेकर आई वरदान
अमिय का, तो भी जन पर हेज।
है किया विधाता त्राण
मेरा जो दिया तुम्हे है भेज।
अब दो अमृत का दान
मुझे, लो करो पावनी सेज।"

थमता है मन का शोर
सरण्यू रमती है घर द्वार।
मिल ही जाता है ठौर
कहीं, बस मत मानो मन हार।
वह फिरता चारों ओर
विवस अर गातुम करती लाड़।
अब होने को नई भोर
गृहस्थ की, खुलने लगे किवाड़।

सरणी ने जाए लाल
गातुमी फिरती बोराई।
यम यमी नाम के बाल
पालने लेकर दो आई।
आँगन में पीढ़ा डाल
सारणी कहे- "अरी माई।
तेरी पहले टेढ़ी चाल
पालने सिर पर धर लाई?"

यूँ देती है हिलकोर
गातुमी झुला झुलाती जो।
कभी बनकर नाचे मोर
बावरी लोरी गाती जो।
"कहीं डिग जाएगी धौर
तेरी, इतने बल खाती क्यों?"
"चुप बैठी रहो चटोर
तेरी यूँ जलती छाती क्यों?"

काँधे पर ले नवजात
यमन को फिरता सारे ग्राम।
"यह सरणी का है जात"
बताए- "है वैवस्वत नाम।"
अब फूला नहीं समात
मूढ़ ना पड़े कहीं विश्राम।
यह धर्म दण्ड ले हाथ
करेगा न्याय तेरा उस धाम।

कुछ वर्ष हुए व्यतीत
सरण्यू जन्में बालक और।
गातुम ने गाए गीत
कि अश्विन करते थे किलकोर।
सुन्दरता में भवतीत
अनुपम दोनों दिखें किशोर।
दिव्यता होती प्रतीत
गातुमी डोले भाव विभोर।

संस्कार सरणी सींचे
संतान दिवम् से लाई है।
देव लोक उतरा नीचे
सरणी तू दिव की माई है।
बालक फिरते पीछे - पीछे
गौचार में गऊ चराई हैं।
अर विवस्वान ऐठे मुझें
घर में दिव पड़े दिखाई है।

गौधन पलता गऊठान
अरण में यव भी है अर साग।
यह विवस्वान विद्वान
गृहस्थ में फिरता भागम भाग।
गातुम करती गुणगान-
"सारणी लाई है सदभाग।"
जीवन का यही विधान
सरण्यू, कुछ पाया कुछ त्याग।

अब आँचल लिया पसार
सरण्यू, है ममता का मान।
आते जाते गऊचार
कभी बस कर लेती है ध्यान।
" वह बैठी होगी द्वार
पौर के, मात दिवा महिमान।
करती होगी उद्गार
पिता से, कुछ भी जो मन आन।"

जो गऊ जात गऊठान
यही बस हैं पीहर से एक।
माँ और पिता का ध्यान
कभी तो लेती इनको देख।
चुप रह कर भी महिमान
गऊ करती ममता की मेख।
है इनको भी पहचान
मिटी थी क्योंकर मस्तक रेख।

नित देती डगर बुहारी,
नहीं यूँ अपनी क्षीती हो।
यह रिते समय की झारी,
सरण्यू इतनी प्रीती क्यों?
मृण की है काया धारी
समय के साथ न रीती क्यों?
तू है वत्सल की मारी
नहीं है अभी प्रतीती क्यों?

युवनी तू अप्रतीम
चलेगी काल कुठारी हे।
है सदा समय की सीम
लंघेगी क्यों जन नारी हे?
ना कोई इतना भीम
घात ना समय ने मारी हे।
है चाल समय की धीम
बनी है तू घरबारी हे।

तू सिर पर धरी परात
जा रही, कितनी पड़ती धूप।
यह सूख रहा इस भाँत
अरण अर सूख रहे नद-कूप।
होते तो हैं दिन रात
नहीं पर ऋतु बदलती रूप।
जो किया किसी ने घात
प्रजापति पड़े शीश बिन भूप।

यह बदल रहा परिवेश
सरण्यू शनै-शनै इस भाँत।
पड़ता है घाम विशेष
ज्येष्ठा क्रोधित लगती मात।
वह छोड़ धरा का देश
दिवम् नित जाते अग्निः तात।
इस कारण ऋत है शेष
जगत की, होते दिन अर रात।

दुख देखे थे सुख घाट
गातुमी और सारणी दो।
अब दोनो करती ठाट
नियति है- पलट मारनी जो।
कर देती बारह बाट
एक ही वार दारुणी वो।
"इससे पहले की खाट
पकड़ लूँ, तीर्थ चारणी हौं।"

"तू कित जाएगी कौन
तेरा है तीरथ धरती पर?"
"सुन मेरी, रह कर मौन
और मैं जैसा कहती कर।
दे बाँध एक दो द्रोण
मेरे, क्यों रख देती भीतर?"
अर लगी सरण्यू रोन-
"अरी माँ क्यों ना रहती घर?"

" सब देखा सुख संसार
सारणी, समय नहीं है देख।
मैं जाऊंगी उस पार
सिन्धु के, जहाँ तपोवन एक।
यह सुना है मैंने सार
वरुण ने खींची थी इक रेख।
वह बहे सिन्धु की धार
वहीं से अर्णव के सापेख।"

" मैं भी चलती हूँ साथ
तेरे चल उसी तपोवन में। "
"क्या बालक रहें अनाथ
तेरे क्या आता है मन में?"
" मैं पकड़ के उनका हाथ
चलूंगी, रहो न उलझन में।
आऊंगी लौट एक पाख
रहेगी तू ही उस वन में। "

दोनो चलदी उस ओर
विवस के साथ सिन्धु के माग।
सरणी ले साथ किशोर
चली है, बालक भागम् भाग।
"क्योंकर निगलेंगे कौर
सारणी लाई है क्या साग?
हम फेर चलेंगे भोर
अभी रुकते हैं इसी तड़ाग। "

दिन और रात अविराम
समय की बहे निरंतर धार।
चलते करते विश्राम
पार कर गए बड़ा विस्तार।
खलु छूट गए हैं ग्राम
कई अर पार कई गऊचार।
"कितना पड़ता है घाम
सारणी, दूर सिन्धु का थार।"

थे बीत गए दिन रात
कई चलते-चलते उस थार।
करते आपस में बात
आ गए, दिखने लगा कछार।
जब जीवन में आपात
रही एक दूजे की पतवार।
अब बिछड़ेंगी किस भाँत
सोच कर दोनों के मन छार।

वह खड़ी सिन्धु के तीर
देखती बहती जो जलधार।
यह सूख रहा है नीर
सरण्यू, शुष्क पड़ा है थार।
वह दोनों रही अधीर
सोचकर, बिछड़ेंगी इस बार।
पर छुपा रही मन पीर
बालकों से करती है प्यार।

" तू रखना देख संभाल
मेरे यह घर, बालक अर भ्रात।
बस संस्कार हैं ढाल
तेरी, तू है त्वष्टर की जात।
यह विवस्वान वाचाल
न इसकी मन पर लेना बात।
तुम सुखी बसो सब काल
लाड़ली, स्वस्ति हों दिन रात।"

" क्यों छीन रही है छाँव
मेरे जो सिर पर रहती थी?"
"तूने रोज दबाए पाँव
तुझे मैं क्या क्या कहती थी।"
" फिर कब आएगी गाँव"
"कभी ना, नद मैं बहती सी।"
"क्यों देती ऐसा घाव
जिऊँ मैं इसको सहती सी?"

"मैं जाती हूँ उस ओर
सारणी, जाओ घर अब तुम।"
वह चली गई उस छोर
खो गई निर्जन में गातुम।
यह निपट शुष्क मरु ठौर
सिन्धनी देती नित-नित पुण।
क्या सुनता मन में शोर
सरण्यू, खड़ी रही तू सुन?

सिन्धु का पारावार
सूखता जात समय बीते।
सब सूख रही जलधार
नाल नद शनै-शनै रीते।
जलहीन धरा है थार
न पोखर जहाँ जीव पीते।
दुर्भिख की दिखती मार
जगत में क्योंकर जन जीते?

खलु कितने बीते वर्ष
नहीं क्योंकर वर्षा का आन?
अरण्य में पहला दर्श
मृत्यु का, त्याग रहा पशु प्राण।
अन्तस तक मर्म स्पर्श
सरण्यू सिहर गई महिमान।
मृत्यु का है उत्कर्ष
जगत में आता है श्मशान।

सोई है अरण्य ठान
विवस अर सोए तेरे लाल।
चिन्ता मन में महिमान
नियति अब दिखती है विकराल।
है गई नींद जो आन
स्वप्न में दुर्भिख और अकाल।
यह जन्म रही संतान
उन्हीं को खाती है क्यों व्याल?

"क्यों साँपिन पापिन पूत
खा रही, कौन कर्म का लेख?"
"भर रही कटोरा सूत
गरल का, अपना आपा देख।
यह मर्तमाण सब भूत
मरेंगे, तू भी रह निरपेख।
खलु किसकी है करतूत
जगत में मृत-अमृत की रेख?"

वह गया स्वप्न हुई भोर,
नहीं पर तेरे मन विश्राम।
है कौन दूसरी और
धरेगी जो तू उसका नाम?
संतति स्वयं की चोर
खा गई, साँपिन तेरा काम।
छुप जाएगी किस ठौर
सरण्यू पड़े काल का घाम?

"जग में मृत्यु का रोष
विवस्वत, है दुर्भिख की मार।
खलु किसका है यह दोष
किया जो प्रजापति संहार?
वह बैठे आशुतोष
ध्यान में, दुःखी फिरे संसार।
नित मरते हैं निर्दोष
रही है निरऋत पाँव पसार।

नहीं दिखता अरण्य साग
धरा भी नित-नित सूख रही।
लगता मृत्यु का जाग
प्रलय की आहट नई कहीं।
क्यों बदला भव का भाग
दिखाई देती विधि नहीं?
यह जगति: है निर्भाग
विवस्वत, विपति नई-नई।"

"यह नियति है नृशंस
सरण्यू, जाने दे अब छोड़।
हम हैं अमृत अवतंश
तेरे कारण सारे मतिभौर।"
जो लगा तुझे है दंश
सरण्यू, किसको कहदे और।
नहीं अमृत हैं यह अंश
तेरे, कब तक बैठे मुँह मोड़?

घर लौट गई क्या द्वंद
तेरे अब मन में है आया?
यह नियतिः के हैं फंद
सरण्यू, पार कौन पाया?
तू हुई नहीं स्वच्छन्द
धार कर भी यह मृण काया।
अब बंधे दूध के बंध
भार बढ़ गया और माया।

हे बहे समय की धार
सरण्यू जल सी गल गई तू।
यह मनु धर्म का सार,
भूल सब घर में ढल गई तू।
तूने लिया मरण अवतार
बता अब किसको छल रही तू?
खलु तेरी भी संसार
संतति त्यागेगी नहीं क्यूँ?

मस्तक पर उभरी रेख
युवानी जाती है जर- क्षिर।
हे अभी समय है देख
सिमट जा, कब जाएगी फिर।
अब लाग गृहस्थ की फेंक
बावरी बाँध जटाएँ सिर।
नहीं रहता भव यह एक
छटा पर रही घटाएँ घिर।

ना स्वप्न असत लवलेश
सरण्यू, सुनती है पदचाप?
नियतिः का लेकर वेश
आ रही मृत्यु यूँ चुपचाप।
चल समय नहीं है शेष
निमानी, धोना तुमको श्राप।
जीवन संगीत अशेष
नहीं क्यों सुनती मन का ताप?

कण्डिका-10

निर्गमन

वह विवस्वान कहीं और
गया है करने को यज्ञ- याग़।
अर उठी भोर-ही-भोर
सरण्यू आज करे घर त्याग।
जागे हैं तेरे किशोर
अभागी, सोया तेरा भाग।
चल दी है घर को छोड़
जा रही है पीहर के माग।

यह सूखा पड़ा पठार
कि जैसे करता कोई बात।
क्या है जीवन का सार
उजालों पर घिर आई रात।
अब तेरे सिर यह भार
बनेगी क्योंकर बिगड़ी बात?
यह जाएंगे सब लाड़
जगत से, होना है आघात।

यह मर्तमाण संसार
दुखी, तू थी अमृत का भाग।
क्यों होता मन में छार
तेरे, ना करती अमृत त्याग।
अब वत्सल का है भार
तेरे सिर, रोए क्यों हतभाग।
संग में हैं बालक चार
कई दिन बीत गए हैं माग।

जा रही सिन्ध की ओर
चली वह पुनः त्वष्ट-धी जो।
है कोई ओर ना छोर
जगत में दुख तो सब ही को।
हैं कई साँझ अर भोर
गई, खलु कितनी परिधि हो।
आ गई सिन्धु के छोर
सरण्यू करे प्रसीदी वो।

" जय-जय हे जगपावन
सिन्धनी फेर लिया मुख क्यों?
हे जन-जन शोक नशावन
वंदिनी तू तो सन्मुख हो।
यह निररित का है आवन
री तुझे दिखे नहीं दुख क्यों?
हम ठहरे पाप परायण
री तू तो पुण्य उन्मुख हो। "

यह सूख रही है धार
सिन्धु की फिर नियति: का फेर।
कर गई सिन्धु को पार
कहीं निररीत रही है टेर।
यह मार्तमाण संसार
लिए फिरती है मन में मेर।
क्या कम है मन पर भार
तेरे, फिर रही घटाएँ घेर।

" हम कितना आए, और
हमें अब कितना चलना मात?
ना ननिहाल का ठौर
हमारा, बीत गई कई रात। "
अब थकने लगे किशोर
सरण्यू करती चलती बात।
बस आशाओं की डोर
थाम कर आई है मृणगात।

यह अरण्य का है छोर
दीखते हैं पीहर के पेड़।
अब देखे चारों ओर
रही बचपन को कहीं उधेड़।
मन में उठती हिलकौर
नई आशा जगती है फेर।
मत मुड़कर के मतिभौर
देखना, नियतिः आँख तरेर।

अब सब कुछ ले पहचान
कहीं तेरे बचपन का शोर।
यह दिखता है गऊठान
पिता का, वह दिखता है पौर।
कहीं बैठी हो महिमान
मात भी वहीं पिता के धौर।
" हे देखो यमी यमान
हमारे ठान खड़ी हैं गौर। "

बैठे हैं अपने पौर
त्वष्ट भीती की लेकर टेक।
यह कोई अरण्य छोर
विथि में आती दिखती एक।
या बालक भी हैं और
साथ में, कहीं स्वप्न है तेक?
"वह दिखती है मतिभौर
लाड़ली, अरी दिवा तू देख।"

चल दिए दिवा, महामान
कहीं पड़ते नहीं पड़ते पाँव।
वह रही इधर ही आन
दूर से ही करते हैं चाव।
बेटी अर दोहित युवान
ले लिए सब आलिंगन छाँव।
" तू क्योंकर यूँ अनजान,
आ गई चलकर अपने गाँव?"

चाहें बूढ़े माँ बाप
और क्या, बेटी आई द्वार।
खलु जीवन के संताप
गए सब, सुखी हुआ संसार।
रख ले आँचल में ढाँप
दिवा, कहीं लुट ना जाए प्यार।
सुख स्वस्ति अपने आप
आज तेरे आँगन त्यौहार।

उत्सव त्वष्टर के पौर
लाड़ली है घर आई जो।
तू बेटी जन की और
जनों ने करी विदाई जो।
सब मिलने आए, शोर
पौर में है तरुणाई ज्यों।
अर देखें तेरे किशोर
लाड़ली कितनी माई जो।

फिरती है चारों ओर
दिवा, आँचल की शीतल छाँव।
जन नारी आती पौर
सरण्यू कितना करती चाव !
पर आती दिखती घोर
नियति, नित-नित होता प्रस्ताव।
सबके मन उत्सव शोर
तेरे ही मन चिन्ता का भाव।

यह पीहर का घर-घाट
सरण्यू, सुखी पिता अर मात।
है जीवन में यह ठाट
तुझे पर करनी तो है बात।
अब किसकी देखे बाट
तेरे सिर पर आया आपात?
यदि छँट सकती तो छाँट
नहीं तो घिरती आए रात।

जो बैठा बूढ़ा बाप
पौर में वही रीत सम्राट।
ना दिखें हुताशन ताप
कहीं वह दिवम् गए हव्याट।
जो दिया मरण का श्राप
संतति जाएगी उस घाट।
अर सुनती है पदचाप
आ रही निररित भव के पाट।

वह बैठ गई आ पौर
त्वष्ट से कहती मन का ताप।
" मैं भी तो हूँ एक चोर
पिता, अब मन में पश्चाताप।
अपने हाथों यूँ और
कोई ना कर सकता यह पाप।
खलु देकर विष का कौर
कोई क्या जने संतति आप?

जब वह रौद्र का जाग
हुआ, सब ओर प्रलय का व्याप।
मैं भी दुःख में निर्भाग
पाप यह कर बैठी चुपचाप।
जो दिया था अमृत भाग
आपने, दिखता था वह श्राप।
कर दिया उसी का त्याग
और फिर जनी संतति आप।

होता है मन में छार
देखती जब बालक का मुख।
मन करता है धिक्कार
नहीं अब सह सकती यह दुःख।
हैं आप रीत धर्तार
धर्म के सदा रहे प्रमुख।
कुछ करें आप उपकार
जात न रहे मरण उन्मुख।

मुझको जीवन की प्यास
नहीं खलु अभी काल घेरे।
पर बनें काल का ग्रास
नही बस यह बालक मेरे।"
" इस दुख में सुख आस
सारणी, कठिन कर्म तेरे।
अब क्या है मेरे पास
नियति जो फिरे मेरे फेरे?"

" वह करें दया नहीं तेक
देवता, उनका अमृत गात।
पर क्योंकर सकते देख
आप यह आया है आपात?
है मृत्यु का आलेख
जगत पर, मरें जीव के जात।
यह किसने खींची रेख
जगत में मृत-अमृत की तात?"

“ भगवान रुद्र निरपेख
धर्म का वही करेंगे व्यास।
मैं भी चलता हूँ देख
करेंगे मौन वहाँ प्रवास। ”
“ नहीं आप नहीं, मैं एक
अकेली जाऊँ उनके पास।
हैं जन-जन की नित टेक
आप, जन आएँ अपने वास। ”

“ मै कह दूँ धर्म सनात
सरण्यू चाहे तू दुखियारी।
यह मर्तमाण हैं जात
तेरे, तू ममता की मारी।
यह सब पर है आपात
जगत में, तू ही क्या न्यारी?
ना अपने दुःख की बात
लाड़ली, दुखी भवति सारी। ”

“ चाहे दुख का है सार
पिता, चाहे टूटा मन आज।
जो दिया आपने संस्कार
नहीं उसका कभी विभाज।
नहीं ऐसा होगा कार
आपको नीचा कहे समाज।
जो सुख पाए संसार
उसी में मेरे सुख का साज। ”

वह चली जा रही लाड़
अकेली फिर अरण्य के माग।
"यह क्यों नियति से राड़
दिवा, क्या लिखा है इसके भाग?
फिर खो गई मन की आड़
हमारी, चलो पौर हतभाग।
नियति की पड़ी पछाड़
अभागी क्यों अमृत का त्याग?"

घर आया है वाचाल
खो गई है यम की जननी।
" नहीं घर में गऊशाल
नहीं, तू गई कहाँ सरणी?
ले गई साथ में बाल
भामिनी क्योंकर यह करनी?
सब खोजे पोखर ताल
निगल गई तुझको क्या धरनी?

हे चली गई किस राह
खो गई कहीं निमानी यूँ?
क्या पितुः मात की चाह
ले गई, कित प्रस्थानी तू?
सुनती जो मेरी आह
नहीं, हठ ऐसा ठानी क्यूँ?
परिणय का क्यों निर्वाह
छोड़कर गई निर्वाणी तू?"

पकड़ पुरानी विथि विवस
चल दिया त्वष्ट के द्वारे।
अब नियति का देख दंश
यूँ सरणी सरणी पुकारे।
मन अन्तस तम का अंश
तिमिर में क्योंकर ना सिर मारे?
क्यों लगे नियति नृशंस
कर्म के मारे हैं हम सारे।

तब मिला एक संकेत
सरण्यू गई सिन्धु के वाम।
यह मरु धरा की रेत
और यह ऊषण इतना घाम।
वह खड़ा सिन्धु के खेत
देखता, सूख रही है साम।
यह भव दिखता है प्रेत
प्रिया जो गई छोड़ कर धाम।

अब सोच रहा है आप,
पड़ी है विपदा जीवन में।
" गातुम से करूँ मिलाप
यहीं वह कहीं तपोवन में।"
वह चली गई निष्पाप
त्याग कर, मिली न जन घन में।
जो किया अतिशय पाप
विवस के बोध रहा मन में।

चलता सिन्धु के तीर
खोजता फिरता गातुम धाम।
भगिनी से मिलने बीर
चला है, अब जीवन में घाम।
अब नहीं प्रेम का चीर
शीश पर, जलता तन मन चाम।
गातुम से मन की पीर
कहे, क्यों भाग हो गया वाम।

वह देख तापसी घोर
खड़ी है बाँध जटाएँ शीश।
विस्मय से भाव विभोर
दूर से दे बैठी आशीष।
अश्रु जल मन में रौर
सिसकियाँ लेता दस-दस बीस।
आलिंगन भर कर जोर
पूछती - "क्यों रोए, क्या टीश?"

सिर पर रखती हाथ,
पूछती - "ठीक तेरा घर बार?
नहीं आई सरणी साथ
तेरे, नहीं आए क्योंकर लाड़?
क्या कोई मन में राख
रही है सरणी मुझ से खार?
क्या बढ़ी और कुछ शाख
मेरा कुल पाया कुछ विस्तार?

तू क्यों रोए है बीर
अरे यह झर-झर अश्रु धार?
मन मेरा हुआ अधीर,
हो गई क्या निररित की मार?
सरणी तो अमृत क्षीर
भला क्या उसके रहते क्षार?
बालक संग अमिय शरीर
विवस तुम, क्या होगा अपकार?"

"यदि होती सरणी साथ
मेरे तो फिर क्या होती बात।
पर नहीं रेख मेरे माथ
विधि ने सुख की खींची स्यात्।
मैं हो गया आज अनाथ
खो गई कहीं यमी की मात।
मैं लुटा विधि के हाथ
हो गई भरी दुपहरी रात।

वह चली गई घर छोड़
योषणा, जाने क्या मन छार।
मैं यूँ ही जग में दौड़
थका, बस फिरता हूँ सिर मार।
ना उसको कोई लौड़
त्याग कर गई मेरा घर-द्वार।
वह चली गई मुहँ मोड़
करेगी नहीं मुझे स्वीकार।"

हो गई गातुमी मौन
विवस के सुनकर दुःख का सार।
वह लगा विवस जो रोन
हाथ से सिर को रही दुलार।
" यह बात नहीं है गौण
योषणा छोड़ गई घर द्वार।
है अनहोनी का होन
विवस वह रही धर्म धर्तार।

क्या पिता त्वष्ट को ज्ञात
सरण्यू चली गई घर छोड़?"
" मुझे जाना है पश्चात
अभी मैं गया नहीं हूँ पौर। "
"तब जाना होगा तात
तुम्हे, ना कोई मार्ग और।
सब कह दो उनसे बात
धर्म के वही रहे नित ठौर। "

चल दिया विवस विद्वान
त्वष्ट से करनी होगी बात।
वह चली गई महिमान
पिता के घर में होगी स्यात्।
आ गया अरण के ठान
तिशिर का जहाँ हुआ था घात।
फिर दिखता है गऊठान
वहीं पर खेल रहे हैं जात।

“अरी यमी सुन बात
आ गए कब नानी के वास?”
वह सिर पर फेरे हाथ
श्वास को अब आया है श्वास।
“अर कहाँ तुम्हारी मात
किया क्योंकर मुझसे परिहास?”
“ वह चली गई हैं तात
कहीं भगवान रुद्र के पास। ”

तब आए हैं महामान-
“सरण्यू गई अरण के देश। ”
“मैं जाऊँ अरण्य ठान ”
- विवस ना रुकता एक निमेष।
कहे बालक से विद्वान-
“ लौट कर आऊँ तुरत विशेष।
रखना नानी का ध्यान
नहीं तुम करना कोई क्लेश। ”

वह ढूँढ रहा विद्वान
गंग के चलता तीरे तीर।
“वह आयी वन के ठान
कौन सी आन पड़ी है भीर?
नहीं इतना मेरा मान
सरण्यू कहती मुझसे पीर।
मैं निरा पाप का घाण”
और आँखों से बहता नीर।

वह चलता आया साथ
गंग के, मन में पीड़ा जाग।
"क्यों फिरती अरे अनाथ
गई क्यों करके सबका त्याग?"
तब धरे माट वे माथ
आ रही पनिहारी उस माग।
वह करता उनसे बात
कहीं क्या देखी है महाभाग।

"वह बैठी है वितराग
एक उस ओर तपोवन में।"
अर दिखा रही हैं माग
विवस्वत देख रहा वन में।
तब जाता भागम भाग
नई आशा आई मन में।
दिख गई वहीं महाभाग
प्राण अब आए हैं तन में।

सरकण्ड कुंज के पार
तपोवन में बैठी तपरूप।
"क्यों दिया छोड़ घरबार
अरी क्या कम जीवन में धूप।"
सिर जटा जूट रही धार
तापसी ममतामयी अनूप।
है जीवन में जो छार
कहीं मिल गया मीन को कूप।

" मैं ढूँढ थका विशग्राम
अरी तू बैठी है वन में।
क्यों त्याग दिया धन धाम
आ गई क्योंकर कानन में?
क्यों मुझसे हो गई वाम
बता क्या शूल तेरे मन में?
निज धर्म निष्ठ नित साम
तेरा क्या काम तपोवन में?

यह कौन कर्म का भोग
रूपसी, क्या नियति गई जाग?
क्यों धारण कर लिया जोग
तापसी, क्योंकर हुआ विराग?
मैं नहीं था तेरे योग
कदाचित नहीं मुझसे अनुराग।
मुझे देंगे ताने लोग
सारणी गई छोड़ तू भाग। "

" था इतना मुझको ज्ञात
एक दिन होगी भरनी वो।
होगा नियति का पात
नहीं खलु किंचित टरनी वो।
यह मर्तमाण जो गात
लिया है, मेरी मरणी हो।
पर क्योंकर मेरे जात
भरेंगे मेरी करनी को?"

" क्या करती है परिहास
बावरी भला मरेगी तू?
क्यों बने काल का ग्रास
कौन सा पाप भरेगी तू?
तुझसे चलती है श्वास
मेरी, क्या प्राण हरेगी तू?
जो दिया कभी था त्रास
आज क्या ह्रास करेगी तू?"

"ना तुम पर कोई क्रोध
विवस्वत, नहीं आपस की बात।
क्या लेती मैं प्रतिशोध
पड़ा है नियति का आघात।
बस हो गया नियति बोध
मुझे अब दिखे अमावस रात।
खलु नहीं कोई अवरोध
मरेंगे मर्तमाण सब जात।

कुछ नहीं विवस्वत ज्ञात
आपको, यह दुख आया क्यों।
था किया बहुत उत्पात
किसी विध थम नहीं पाया वो।
तब मर्तमाण ले गात
वरी थी तुमको माया जो।
अब मर्तमाण हैं जात,
मेरी है मृण की काया जो।

हम करें यहीं तप-ताप
विवस्वत, कुछ ना कुछ तो हो।
रह सकें नहीं चुपचाप
रुद्र, भव इतना तुच्छ क्यों हो?
वह आएँ अपने आप
जगत यह मरण मुञ्च जो हो।
खलु मिट जाएगा श्राप
नहीं निररित सचमुच को हो।"

खलु बैठ तपोवन ठान
सरण्यू और विवस विद्वान।
करते हैं उनका ध्यान
स्वयं जो गए ध्यान भगवान।
यह भव उनमें विद्यमान
उन्ही के ध्यान भवत आधान।
करना होगा कल्याण
जगत को निगल रहा श्मशान।

वह आए भोले नाथ
तपोवन - जय जय हे जगदीश।
अर लिया पिनाकी हाथ
जटाएँ झूल रही हैं शीश।
चरणों में रखते माथ
पिता ने दिया उन्हें आशीष।
"तुम बैठे दोनों साथ
मिटी मेरे हृदय की टीश।"

तब कहती हैं महिमान
सरण्यू - "आप विधाता हे।
कुछ करो पिता अभिज्ञान
कोई तो होगा जाता हे।
जिस पथ चलकर संतान
अमर हों, क्या कहलाता हे?
यह बना जगत श्मशान
जीव कहीं त्राण न पाता हे।"

" हे सुनो सरण्यू बात
लाड़ली, चलता यूँ संसार।
ना मृत्यु में आपात
कोई, यदि रहे धर्म का सार।
तू है त्वष्टर की जात
सनातन संस्कार की धार।
यदि होंगे अमृत गात
सभी, तो थमे सर्ग का कार।

प्रजनन अमृत सम रीत
जगत को अक्षय का वरदान।
जब जाओगे तुम बीत
तुम्हारा वंश रूप संतान।
वह कभी न हो व्यतीत
रहोगे उनमें तुम विद्यमान।
क्यों होती है भयभीत
जनन है अक्षय का प्रतिमान।

है अमृत का वरदान
सरण्यू केवल अस्ति को।
जिनको अमृत का दान
मिला, नित पाएँ इष्टी जो।
वह नहीं अमर महिमान
प्रलय में सबकी नष्टी हो।
अमृत अर जनन समान,
जनन से नित-नित सृष्टि हो।"

"अस्ति तो सदा अजात
एक पद अज सी चरती है।
व्यष्टि पर ममता तात
व्यष्टि तो जीती मरती है।
क्या यही धर्म संज्ञात
कर्म जो जननी करती है?
भरती है उसकी जात
बात ना पूरी पड़ती है?"

"इसका तो होगा न्याय
किसी दिन, मान निमानी हे।
खुलना ही है अध्याय
धर्म का पुनः सयानी हे।
नहीं अमृत कोई उपाय
सरण्यू, मैं श्मशानी हे।
तदपिः मैं करूँ सहाय
तेरी, तू सुन मरजानी हे।

यह देता हूँ वरदान
तुझे मैं अमृत का ही देख।
तू वाक् रूप महिमान
रहेगा अमर तुम्हारा लेख।
तू भव की नियति समान
लिखेगी सब के मस्तक रेख।
है किया बहुत बलिदान
कनिः, तू तेरे जैसी एक।

जब दे बैठा था शूल
तृता को, मैं यूँ ही अनजान।
तब अपना सब कुछ भूल
किया था अरे भवत का त्राण।
अमृत हो जैसे धूल,
त्याग परणीत हुई मर्तमाण।
तूने रखी रीत अस्थूल
जगत की, जन कर मृण संतान।

मैं बैठा हूँ श्मशान
नहीं कुछ अनहोनी की मार।
अब होगा कर्म विधान
धर्म की नई रीत का सार।
हे आएंगे भगवान
जगत में, ले अपना अवतार।
अंर कहें धर्म का ज्ञान
धर्म के वही रहे धर्तार।"

वह चले गए भगवान
सरण्यू को देकर वरदान।
तब कहे विवस विद्वान-
"सरण्यू समझी क्या महिमान?
है अमृत ही संतान
हमें, हम जितने हैं मर्तमाण।
ना मिलता वत्सल दान
हमें, यदि होते अमृतवान।"

कण्डिका-11

षष्ठी

है वत्सल का वरदान
सरण्यू, जनन जगत की रीत।
तू अक्षय को पयपान
कराए, कभी न हो व्यतीत।
जो जना तपोवन आन
मनु, तुझ जैसा हो प्रतीत।
अब वंश तेरा महिमान
चलेगा, युग-युग जाएँ बीत।

आ रहे अगन दिवमान
अरण में करने कोई बात।
हैं श्याम, सबल दो श्वान
साथ में, जो सरमा के जात।
स्वागत करती महिमान
सरण्यू गोद लिए नवजात।
“ हे नमों - नमों भगवान
हुताशन, क्योंकर आए तात?”

देखें बालक की ओर
अगन - आशीष दिए दो हाथ।
“ अब गया घाम घनघोर
जगत से, मिला अश्व का माथ।
अर कुरु देश के ठौर,
हुआ प्रवर्ग्य महा परमाथ।
कहने में लगे कठोर
सरण्यू - चलना होगा साथ।

जो हुआ प्रवर्ग्य याज्ञ
पूत दो अमर हुए तेरे।
पर कठिन सरण्यू भाग
कहे ना आए मुख मेरे।
दो पितृलोक के माग
गए, बस नियति के फेरे।
आयाम नया महाभाग
बना यह अदिती के प्रेरे।

यह बना दूसरा तीर
भवत का, अदिती की माया।
तन त्यागें नया शरीर
मिलेगा जिनकी मृण काया।
यूँ हरी जगत की पीर
भवति आयाम नया पाया।
यम गया वहाँ पर वीर
यमी पीछे-पीछे छाया।

वह केवल मृत का देश
सरण्यू, छोड़ें जो संसार।
पा सकें वही प्रवेश
यही है पितृलोक का सार।
वह लेकर मृत का वेश
यमी-यम गए जगत के पार।
यम का ऋण रहे विशेष
जगत पर, किया बड़ा उपकार।

हो गए अश्विन दिवजात
सरण्यू, मिला अमिय का दान।
और यमन विख्यात
जगत में, पहला वह मर्तमाण।
इन सरमा-सुत के साथ
उसी ने खोजा है पितयाण।
अब पितृलोक का नाथ,
उसी को धर्म दण्ड़ सम्मान।

वह खोज लिया यमराज
देख आयाम नया भव का।
अब पितरों के हित याज
करूँ अर दहन करूँ शव का।
हम लेकर आए आज
यही संदेश- भला सब का।
बस गई यमी बिन काज
त्याग कर यह भव वैभव का।

हे सुनो सरण्यू आज
हो गया धर्म दण्ड का न्यास।
अब पितरों के हित याज
करूँ - वह जाएँ अपने वास।
यह सरमा के हैं राज
खड़े रहते पितयाण के पास।
पितरों को दे आवाज
दिखाएँ उनका नया निवास। ”

आँखों से बहता नीर
सरण्यू, बैठी है चुपचाप।
" क्या कहूँ बंधाऊँ धीर
तेरी, यह मेरे ही सिर पाप।
जो त्यागा अमिय शरीर
दिया था मैंने ही संताप। "
यूँ विवस्वान मन पीर
कहे सरणी से अपनी आप।

अर अगन रीत सिरमौर
कहें - "हे सुनो आप महिमान।
नहीं होता कोई और
बड़ा दुख - खोने पर संतान।
मैं समझ रहा मतिभौर
नहीं पर तुझे समझ में आन।
यह रात नहीं यह भोर
हुई है, समझो तुम अनजान।

यह आँसू की बरसात
थाम ले, इतना रोली जो।
अब चलो सरण्यू साथ
मेरे" - पर इतना बोली वो।
- "अब क्या जाऊँ घर तात
नियति थी होनी होली जो।
दो पितर लोक, दिवजात
भए दो, खाली पौली हो। "

" नहीं जाना घर महिमान
तुझे भी जाना है पितलोक।
मिल जाएँ यमी-यमान
वहीं तू क्यों करती है शोक।
सब आएंगे मर्तमाण
वहाँ यूँ पितर रूप में थोक।
यह मर्तलोक श्मशान
सरण्यू किसको लेगी रोक?

जो कव्य, मातली और
बृहस्पति, ऋक्वन भी महाभाग।
वह पितृ-लोक के ठौर
गए - अब करें धर्म का जाग।
अर यम के संग सिरमौर
पञ्च बन करें न्याय बिन लाग।
तू षष्ठी है मतिभौर
लिखेगी, सबके मस्तक भाग।

वह धर्म-दण्ड ले हाथ
यमन अर साथ रहें यह चार।
यह हुआ महा परमाथ
मृत जब जाएंगे उस पार।
तब खुले कर्म की गाथ
वहाँ, अर फिर उसके अनुसार।
सब नई देह के साथ
पुनः जन्मेंगे इस संसार।

वह पाँच पुरुष अर नार
एक तू षष्ठी है महाभाग।
वह न्याय कर्म अनुसार
करेंगे बिना राग अर लाग।
पर तुमको यह अधिकार
रहेगी अन्तिम तेरी वाग।
तू है ममता का सार
लिखेगी तू ही सबका भाग।

सबके सुख को सुख मान
सदा ही मिला तुझे दुख जो।
गाएंगे युग - युग आन
तेरे मन जन-जन का सुख जो।
हे देता हूँ वरदान
तुझे अब आओ सन्मुख हो।
तू जननी वह संतान
मनु का वंश कहे मुख सौं।

यह तेरी जो संतान
इसी से चले जगत की रीत।
ले तेरा नाम महिमान
पीढियाँ गाएँ युग-युग गीत।
तुझ से होगी पहचान
मनु की, जन-जन कहे समीत।
है यही तेरा वरदान
सरण्यू, जाओ अब भवतीत।"

तब कहे विवस विद्वान-
" सरण्यू, सुन जो बात कहूँ।
मेरी भी तेरे समान,
नियति मैं तेरे साथ सहूँ।
हो सके तो देना दान
क्षमा का, कुछ ना और चहूँ।
तुम्हे जाना हो महिमान
मनु के साथ यहाँ मैं रहूँ। "

" जाने क्या होगा न्याय
विवस्वत, धर्मराज के ठान।
पर मेरा तो अध्याय
आज ही इति हुआ विद्वान।
जो तेरा छल तू पाय
विवस अर मेरा छल मैं मान।
भोगेंगे दोनो जाय
वहाँ, फिर क्या दोषी-क्षमवान?

तू पालेगा संतान
मेरी अर रहे जगत के ठान।
जो मिला मुझे वरदान
देऊँ मैं तुम्हे दक्षिणा दान।
गायेंगे युग-युग आन,
तुम्हारा नाम रहे पहचान।
'वैवस्वत' ही प्रतिमान
मनु का सदा रहे विद्वान। "

दे दिया विवस के हाथ
मनु को, ममता का नहीं छोर।
पुन पुन चूमें है माथ
सरण्यू, जाएगी उस ठौर।
कुछ पाएगी पर साथ
नहीं कुछ जाएगा मतिभौर।
यह बालक रहे अनाथ
मात बिन, जाओ यम-यमी धौर।

"यह था सरणी से प्यार
तुझे, या थी अमृत की चाह?
वह गई छोड़ संसार
अकेला करना अब निर्वाह।
अर जाना हो उस पार
कर्म का, हुआ भाग से ब्याह।
जो रहा कर्म का सार
वही अब बने भोग का ग्राह।

तू जिस नियति को साध
रहा परिणाम उसी का देख।
जो तेरा था अपराध
बनेगा वही भाग का लेख।
नहीं इतना बड़ा उपाध
विवस तू- खींचे मन से रेख।
था सब कुछ आधम-आध
दोष कुछ, कुछ नियति निरपेख।"

लिखती संवत का भाग
सरण्यू सबसे पहले मात।
" जल पूर्ण ताल तड़ाग
नाल-नद हों पूर्व की भाँत।
नित-नित अरण्य में साग
हरित, ना जीव जगत आपात।
अर पितरों के हित याग
सफल हो- पाएँ पिण्ड अनुपात। "

हो गया यमी का न्याय
रो रही वहाँ मात को देख।
दिखती पितु की परछाय
त्वष्ट भी वहीं रहे निरपेख।
अर यमि को हिय लगाए
सरण्यू - झड़ती अश्रु मेख।
"क्यों रोए है पछताय
लाड़ली, सब विधना के लेख। "

" क्या समझूँ इसका अर्थ
मात - यह कदाचार अतिशय?
क्या संस्कार सब व्यर्थ
भ्रात से प्रणय का अनुनय?
मैं तेरी सुता समर्थ
धर्म का क्योंकर ऐसा क्षय?
क्यों हो गए अर्थ अनर्थ
धर्म का कैसा यह परिचय?"

" यह विधना का प्रयोग
लाड़ली, रहा धर्म के हेत।
तेरे मन रहा वियोग
भ्रात का, परणय कर समवेत।
यम हेतु: था उद्योग,
परीक्षण हुआ धर्म के खेत।
वह धर्म दण्ड के योग
नहीं, यदि ऋत में करता रेत।

हे धर्म-दण्ड अधिकार
यमन को मिला तभी बालक।
ऋत का अकुंश स्वीकार
किया तो बना धर्म पालक।
तुमसे करवाया कार,
परीक्षण रहा विधिः का लक्ष।
नहीं तेरे सिर कुछ भार
यमी, तू खड़ी धर्म के पक्ष।

पीकर अपयश का वाज
यदि हो रहे धर्म का न्यास।
तो क्यों रोती है राज
नहीं कुछ संस्कार का ह्रास।
तुम नहीं पाप का भाज
लाड़ली, बैठो मेरे पास।
मैं देती हूँ ले आज
तुम्हें, सब अपने पुण्य की राश।

मैं लिखती हूँ वरदान
माथ पर, क्यों करती संताप।
तू बन कर के महिमान
यामुनी, धोए भव के पाप।
जब आएँगे भगवान
करेंगे तुझ से परिणय आप।
अर महारास का ठान
तेरे आँचल में होगा व्याप।"

वह लेकर मनु को गोद
विवस्वत वहीं तपोवन में।
करता था मोद - विनोद
देखता स्वयं को बचपन में।
" यह किसने दी है खोद
अरे जलधार बहे वन में?"
पाँवों को छू, बिन रोध
मिल गई वहीं गंग घन में।

" वह नियति का था ताप
अरे अथवा निर्ऋति का याज।
सब भूली अपना आप
सरण्यू, किया भवत का काज।
तूने भुगता था पाप
मेरा, अर रखी धर्म की लाज।
अब लिखे भाग निष्पाप
भवत का - स्वयं नियति है आज।"

तब कहें ऋषि बटराज-
"सनातन, यही कथा थी बाप।
जो किया भवत का काज
सरण्यू, सिर पर लेकर श्राप।
कल यही धर्म था आज
यही है, इतना समझो आप।
यह बैठा यतिः समाज
कहेगा, शेष कथा निष्पाप।"

वह वृक्ष यति उद्गार
करें, अर शेष कथा का व्यास।
सब सुनें कथा का सार
बटुक जन, बैठे उनके पास।
जो आए थे अवतार
जगत में - हुआ धर्म प्रकाश।
खुलते हैं मन के द्वार
स्वप्न तो गया, प्रात आभास।

अब चलो सनातन दास
हो गई देख भुवन में भोर।
यह जीवन का रंग रास
चले यूँ, कोई ओर ना छोर।
सब के मन में सुख वास
करे बस इतना कर रणछोड़।
जब आऊँ तेरे पास
मुझे फिर देना ब्रज का ठौर।

।। ऊँ शांतिः ।।

www.ingramcontent.com/pod-product-compliance
Lightning Source LLC
LaVergne TN
LVHW100322181026
850499LV00039B/952
* 9 7 8 8 1 1 9 5 6 2 5 7 2 *